星に願いを、そして手を。

青羽　悠

集英社文庫

目次

星に願いを、そして手を。

第一章　宿　題

1

「まだ、何にも終わってない」

私が「どこまで宿題終わったの」と聞くと、祐人《ゆうと》は重々しく答えた。

なぜ八月も後半になってからこいつは思い出したように焦りだすのか、馬鹿なのだろうか、と思ったが、悶絶《もんぜつ》する祐人を見ていると、その姿がどうにもおかしくて咎《とが》める気もなくなってしまう。

中学三年生になって受験も近づいてきたというのに、祐人は今年も宿題を溜《た》めに溜めて、夏の終わりにこうして呻《うめ》いている。この嘆きは、蟬《せみ》の声と同じく夏の風物詩として定着していた。

「じゃあ、そういう理奈《りな》はどんな具合？」

「……あとは数学が少し、かな」

今の祐人に、あと二問ですべての宿題が終わるとはとても打ち明けられない。

そんな私たちの隣では、祐人ほどではないにしろ宿題を溜め込んでいた薫《かおる》が頭を抱えている。

「春樹《はるき》はどうなの？」

薫が尋ねると、「俺は、ほら」と春樹はテーブルに載っていたノートを寄越してきた。

ぱらぱらと開いて見ると、数学の宿題が完全に終わっている。国語や英語、他の教科のノートも全て揃《そろ》っていた。

「……いつ終わらせたの？」

「七月」

私と祐人、そして薫がぎろっと春樹のほうを向いた。薫に至っては、机に手をつき、椅子から立ち上がっている。

「嘘《うそ》、去年は八月の半ばまで掛かってたじゃん！　おととしは私たちと一緒に、ここでぜーはー言いながら宿題してたのに！」

「俺、伸びしろあるから、毎年宿題終わるのが早くなるんだよね。このままだと来年は夏休み入る前にもう終わってるかも」

嘘か真《まこと》か、その言葉を聞いて、薫はよろよろと椅子に座り溜息《ためいき》をつく。

「はあああ……」

薫と祐人の溜息が、共鳴して響いた。

同時に、ボーン、と科学館の壁掛け時計が鳴る。四時だ。


この町にある科学館は、科学館と銘打ってはいても、図書棟とプラネタリウム棟が合わさった施設に過ぎない。だが、この建物を形容するちょうどいい言葉が見つからないからか、町民にも科学館という誇大な名前が受け入れられていた。

私たちは図書棟の一階にある休憩スペースで勉強をしていた。南北がガラス張りになっていて、陽光が差し込むこの空間には、横長の机が十数脚並べられている。冷房は効いているし、入館料も必要ないので、私たちはよくここに集まるのだった。

夏休みも終わりに近づいているからだろうか、私たち以外に人気《ひとけ》はない。

「どう？　宿題ははかどってる？」

向こうから乃々《のの》さんの声が聞こえた。乃々さんが持っているお盆の上にはカルピスが載っている。

「ぼちぼちです」私は椅子にもたれる祐人と薫を見ながら答える。「ぼちぼち、くたばってます」

「常連さんのみんなに、秘密の差し入れよ」

乃々さんは、まるで悪戯《いたずら》っ子のように笑ってみせた。他の利用者がいないとき、乃々さんはこうして飲み物やらなんやらを差し入れてくれるのだ。

乃々さんはこの科学館の館長の奥さんだ。まもなく還暦を迎えるはずなのだが、全身に若々しいオーラが漲《みなぎ》っている。

私たちはグラスを受け取り、小休止。

「暑い夏、うるさい蟬、薄いカルピス」

春樹がグラスに口を付けながら喋《しゃべ》る。

「あら、これ作ったのは私じゃなくて館長だからね」

「いつも薄いと言われるから、濃い目に作ったはずなんだが」

いつの間にか乃々さんの隣に立っていた館長が、不服そうにぼやいた。

「言っておくが、カルピスが薄くても私の髪はまだ薄くない」

「……今日も、このカルピスぐらい冷えてるね」

「辛辣《しんらつ》すぎないか、春樹」

春樹と館長のどうでもいいやりとりを聞きながら、私は溜息をついた。今日も館長は絶好調というか絶不調というか、とにかくくだらないことばかり言っている。

「五時までにこの問題集終わるかな」

祐人が肩を落としながら、いじけたようにシャーペンの先をいじっている。

「ノートを貸してもらえばいいんじゃないか？」

館長が言うと、

「大人が言うことじゃない」

「春樹、うるさい。お前はいつも余計なことを言う」

再び不毛な論争が始まる。

乃々さんは「祐人君は相変わらずね」と笑っていた。

賑《にぎ》やかなみんなを見ていると、何だか私も笑えてきた。

周りの大人は私たちにすぐ口を出す。夏休みを有意義に使え、と、具体的じゃない言葉で私たちを急《せ》かす。でも、館長と乃々さんは違った。この科学館でだらだらしていても何も言わずに、笑ってくれる。だから私たちはここに集まっているんだろう。

「祐人はどうせノート貸しても見ないでしょ。変なところ真面目だし」

そう聞くと、祐人は問題集を眺めながら「うん」と答えた。

「やっぱり自分でやらなきゃ気持ち悪いじゃん。それに、ノートを写すのは、問題を解くよりずっと楽しくないし」

祐人はそう言ってグラスを置き、「よし、やるか」とシャーペンを持った。

私はその横顔を見る。祐人は真面目な奴《やつ》だった。ただ、問題なのは、今の祐人にそんな悠長なことを言っていられる余裕があるのだろうか、ということだ。

それでも考えてみれば、祐人は毎年宿題を終わらせてきた。結局こいつはやれば出来る奴なのだ。

「祐人君、偉いわね」乃々さんが笑った。「楽しいって大事よね。でなきゃ私もこんな仕事やってないわ」

「楽しいか楽しくないか、つまらないかつまらなくないかは忘れちゃいけない基準だ」

館長が私たちに真剣な顔を向ける。

「大人になると、有意義とか無意味とかそういう言葉に頼りがちになってしまう。気持ちをおざなりにしてしまう。だから」

「だから？」薫が聞く。

「せめて君たちは『有意義な夏休み』ではなく、『楽しい夏休み』を送る必要がある」

「あと一週間しか残ってないけどね」

春樹がそんな鋭い指摘をすると、

「だから、君たちはこの残り少ない夏休みを楽しむために、五時からのプラネタリウム投映を見る必要があるんだ」

館長はそう言って、身を翻して図書室のほうへと去って行った。

「あの人、ああ見えても、みんなにプラネタリウムの解説を聞いてもらうのが楽しみで仕方ないのよ」

乃々さんは呆《あき》れ顔《がお》で言い、「じゃあ、宿題頑張って」と館長を追いかける。

嵐のように去って行った二人を、私たちはぽかんとして見送った。

「確かに、有意義に生きようと思う人間ほど、無理して無駄な時間を過ごしがちだよね」

と祐人が言うので、

「そんな宿題をやる時間すら無駄、みたいなこと考えてたら、宿題終わらないよ」

と私は言い返す。

祐人は、はああ、と溜息をついて再び問題を解き始めた。毎年毎年よくやるもんだなあ、と笑ってしまう。さて、投映までにこいつらを片付けてしまわないと。私は残りの問題に手を付ける。

2

遠くで蟬が鳴いている。ふと、そのことに気付いた。もう午後七時を過ぎようとしているのに、八月の空はまだぼんやりと明るい。

連日、最高気温が三十度を上回っていた。今の時間でも半袖一枚で十分なのだが、僕はその服装とはかけ離れた黒のスーツを着ていた。

生地の厚い、真っ黒な喪服だ。


館長が死んだ。

もちろん、この町の科学館の館長のことだ。

僕が最後に館長と会ったのはいつだろうか。大学生になり、東京に引っ越す直前に一度訪ねたような気がするが、そうではなかったかもしれない。最後に会ったときのことを思い出せないほど、唐突な死だった。

大学を卒業して、再びこの町に戻り、町役場に勤め始めてからすでに一年が過ぎた。僕はその間一度もあの科学館を訪れていなかった。行く機会がなかったし、何より、あのプラネタリウムを避け続けていた。


「祐人、相変わらず冴《さ》えないね」

「……なんか、もう少し気の利いた言葉はないの」

「悪かったわね」

「そっちこそ、今日はジーパンじゃないんだ」

「何それ、意趣返し？」

受付でいきなり面喰《めんく》らう。そこには薫が立っていた。薄く焼けた肌は中学生の頃から変わっていないのだが、喪服を着ているその姿が全くイメージに合わなくて、まるで別人のように見える。

「えっと、久しぶり」

薫と目を合わせるのをためらっていると、薫は「ほんと、久しぶり」と頬を緩め、隣の人に後を任せて受付の席を離れた。

「高校卒業して以来、だよね」

「うん。そのはず」

「こんなところで久々の再会なんてね」

そう言って、薫は笑った。でも、その笑顔にどこか憂いを見出《みいだ》して、随分と月日が流れたことを思い知る。

「というか、どうしてここに？」

「……それは、館長のお通夜だからに決まってるでしょ」

「いや、そうじゃなくて、なんで受付やっているのかなって」

薫はきょとんとした顔で答える。

「そりゃ、乃々さんにやらせてくださいって言ったのよ。せっかくこんな若い看板娘がいるんだから、受付は私の役目でしょ」

乃々さん……久々に聞いた名前だったからすぐには誰か分からなかったが、館長の奥さんだと思い出す。

「そういえば久しぶりすぎて近況報告すらしてなかったわね。私、去年から科学館で働いているの」

「えっ、そうなのか。全然知らなかった……」

何となく目を逸《そ》らした僕に、薫は続けて尋ねた。

「じゃあ、理奈のことも？」

思わず言葉に詰まる。

「……高校卒業して以来、会ってないから」

正直に答えると、薫は盛大に溜息をついた。

「まったく、あんたもあんたよ。せっかくこの町に戻ってきたんだから、私たちのこと、少しぐらい気にしろっつーの」

ごもっともだ、と自分でも思う。ここは謝るべきなのか、それとも憎まれ口で返すべきなのか決め兼ねていると「そこは、ごめんって軽く謝っときゃいいの」と薫が笑った。

「それとさ、お願いがあるの」

「……何？」

「あとで、科学館に来て」

「科学館？」

「さすがに場所ぐらい覚えてるでしょ」

「そりゃそうだけど」

「ちゃんとみんなにも言ってあるから。またそのときね」

薫はそれだけ言って、返事を待つことなく受付の席に戻っていった。


夜になっても依然蒸し暑さは残り、日中の気怠《けだる》い空気は健在だ。僕らは街灯が頼りなく照らす夜道を、無言で歩いている。

「どうせ、あの輝かしき日々は戻らないのだ、とか考えてるんだろ」

僕の斜め上から、唐突に声が降って来る。少し考え、答えた。

「……どちらかと言えば、それと真逆のことを考えてた」

「何だ」

「春樹はあの輝かしき日々と寸分変わらずに、軽口を叩《たた》き続ける」

顔を見上げるようにすると、自分より身長の高い春樹と目が合う。春樹は僕を小馬鹿にするみたいに笑った。

弔問客が帰る中、たまたま春樹に会った。春樹が目敏《めざと》く僕を見つけ、話しかけてきたのだ。

春樹には、この町に戻ってきてから何回か会っていた。というのも、春樹の実家は町の小さな電気屋で、彼も大学を出てからそこで働いていたので、家の電化製品を買うときは、大体春樹の実家が営んでいる「真鍋《まなべ》電気店」を訪れるのだ。

「祐人も薫から話を聞いたんだよな？」

話と言えば、科学館まで来てほしいという話だろう。「ああ」と返事をすると、「そうか」とだけ春樹も言い、再び互いに黙った。

隣で歩く春樹は相変わらずの仏頂面だ。でも、春樹と二人でいるときに生じる沈黙は、あまり苦に感じなかった。互いに踏み込みすぎず、自分が言いたいときに言いたいことを言う。僕らはそういう関係だった。

春樹がぽつりと言う。

「薫、受付全然似合ってなかったな」

「それは同感」

興味のあることだけを話す僕らだが、その興味はわりかし似ている。今みたいに。

夜になると、ここの人通りはめっきり少なくなる。僕は、空の低いところに出ているさそり座を眺めながら歩く。

雲は一つとして見当たらない。都市よりは田舎に近い町だから、昔から星ははっきりと見えていた。ここの空は、東京の空よりも広くて、一層暗い。今頃館長は、天の川に船を出して、星空をクルーズしているのだろうか。そんな冗談を言ったところで、今日の空気は湿ったままだ。

「館長が、『これは一体誰のお通夜だ』とか言い出しそうなくらい、しんみりしてたな」

「……不謹慎だ」

心の中で似たような冗談を考えていたことは口に出さない。

「でも、ユーモアは幸せな時には生まれないって言葉がある」

「じゃあお前は年がら年中不幸せだ」

頭の中では何か他のことが、形にならないまま渦巻いているのだが、それと同時並行ですらすらと言葉を返せる自分に少し驚く。

「軽口は、宙に浮かぶんだ」

春樹はポケットに手を突っ込みながら空を見上げた。身長が高い分、言葉の通り、ふわりと宙に浮かんでいるようだった。

「軽口みたいに、現実味がないよな」

少しして、館長のことを話しているのだと気付いた。

「……そうだな」

まるで徹夜明けのようにぼんやりとしか頭が働かない。館長が死んだ。そのことの意味をずっと計りかねていた。

ふと眺めた空の向こうに、懐かしい感覚が浮かんだ。プラネタリウムを見た帰り道のことだ。今夜のように広がる星空を見ると、それが現実なのか、作り物なのか、区別がつかなくなった。じっと眺めていると、次第に視線が、星ではなく暗闇へと向いている。暗闇に呑《の》み込まれるイメージ。体が宇宙に投げ出される。全てが曖昧になる。

「現実味なんて、どこにもないのかもな」

「どういうことだよ」

春樹が上を向いたまま聞いてきた。

「プラネタリウムが偽物の空でも、本物の空すら偽物みたいに見えるなら仕方がない」

「……よく分かんねえ」

春樹は落ちていた石を前へと蹴りながら歩いていた。どうせちゃんと聞いていないなら、と僕は話し続ける。

「まず、僕らが年を取ること自体、現実味がない」

「確かに、いきなり責任持てだの、税金納めろだの言われても困る」

「いや、役場勤めとして税金は納めてほしいけど」

「そんなこと話したいわけじゃないだろう」

自分から話題を振っておいて何なのだ、と僕は思うが、構わず話を続ける。

「まあいいや。とにかく、僕らはいつの間にか大人になっていた。でも実感はない。それは多分、大人になっても何も変わらないからじゃないかな。社会が二十歳《はたち》っていう線を引いて、ここから先は大人ですよって言ってるだけだと思うんだよ」

二十代半ばに差し掛かった自分だが、高校生のときの自分と比べても、変わったところと言えば、お金の使い方だとか敬語の使い方だとか、そのくらいしかない気がする。そうだ、自分は何も変わっていない。科学館から一度逃げてもなお、再びそこへ向かおうとしているのだから。

僕は小さく溜息をつく。

横で春樹が呟《つぶや》いた。

「突然だから、現実味がないのか」

「大体そんなもんだ」

「なら、館長が死ぬのだって急すぎる。嘘みたいだ」

はっとして、春樹を見た。春樹は変わらず俯《うつむ》いて石を蹴り続けている。だから、その表情を窺《うかが》うことは出来ない。

「まだまだ死ぬような年じゃなかっただろ。そんな、急な話、信じられる訳ない」

僕は黙っていることしか出来なかった。

「大人は、大変だよ。大人になっても何も成長しないのに、変わることを求められる。

自分が大人であるためにって、自分を取り繕わなきゃならない」

石は転がり、側溝に落ちる。自販機が夜道を照らし、ぼんやりとした光が、闇と溶け合っている。

春樹は立ち止まった。

「大人は泣かないんじゃなくて、泣くことを我慢するのが上手いだけだってこと、今日初めて知ったよ」

春樹は下を向いたまま言った。声が少し震えていた。

館長が死んだ。今、初めてその事実が、すんなりと体に入ってきた。ああ、自分はまだ大人になりきれていないのかもしれない。そう思いながら、僕は目頭を押さえた。

僕らは無言で歩き続ける。


公園の入口で、僕らは立ち止まった。

科学館は町の公園の中に建っている。入口から左側に行くと土のグラウンドが、右側に行くと、いくつかの遊具を抜けた先に、科学館がある。グラウンドの奥には、プラネタリウムのドームの影が見えた。

春樹が呟いた。

「暑い夜、静かな公園、いかついバイク」

僕らの前では、公園の入口に停まっているバイクのボディーが、街灯の明かりを反射して黒々と光っている。それはもう、公園に入っていくのがためらわれるほどに不気味だった。

「帰るか」

「待て待て待て」

「冗談だ。まったく、理奈も変な趣味をしている」

僕は思わず「え」と声を上げた。

「これ、理奈の愛車だ」

「……あいつ、そんな奴だったか？」

理奈がバイクに乗るなんて初耳だ。僕は理奈がこのバイクに跨《またが》る姿を思い浮かべた。真っ黒なフルフェイスのヘルメットを被《かぶ》って、夜の街を疾走する姿。バイクから降りると、ヘルメットを脱ぎ、黒髪をなびかせる。意外にもその肌は白く、そのコントラストに目を奪われる。

……ありかな。

「ないだろ」

声が漏れていたらしい。

春樹が冷たい目でこちらを見ていたから、僕はそっと顔を背けた。

「で、お前、理奈に会うのいつぶりだっけ」

「……高校の卒業式以来だ」

僕は正直に答えた。

理奈は幼馴染《おさななじみ》で、そして、元カノだった。

「もしかしたら理奈の奴、祐人への威嚇も兼ねてこれで来たのかもしれない」

春樹が真顔で言う。そうやって人を不安にさせるのはやめてほしい。うるせえ、と春樹を小突いて、僕は奥へ進んだ。


理奈は土星に座っていた。

「お久しぶり」

「俺に土星人の知り合いはいない」

「……春樹は相変わらずうるさいなあ」

理奈は辟易《へきえき》した表情を浮かべた。

科学館のある公園ということで、ここには宇宙に関する遊具が多く設置してある。「太陽系丸太」もその中の一つだった。十本の丸太が、太陽と水金地火木土天海、それに加えて現在は準惑星に格下げされた冥王星を模した配置で並んでいる。

理奈はその土星の丸太に座り、僕らを待っていた。

土星に座っているから土星人、という春樹の言葉は随分と安直だが、僕はそれを聞いてふと思い出した。

「まるで『火星年代記』の最後だ」

レイ・ブラッドベリの『火星年代記』は、火星に人類が移住し、繁栄し、そして再び滅んでいく歴史について書かれたSFだ。その最後では、地球の滅亡を悟った元州知事が家族を連れて荒廃した火星へ向かい、新たな文明を築こうとするシーンが綴《つづ》られている。

「ああ、あれか。子供たちに火星人を見せるシーン」

「そうそう。父親は自分たちが映る水面を指差すんだ。もう自分たちが火星人なんだ、って」

僕は足元を指差す。ただ、僕たちの足元にあるのは、乾いた地面だけだ。

「私、全然分からないんだけど」

「要するに、軽口を叩くにも教養がいる、ってわけだ」

春樹が澄ました顔をして答える。

「言わせてもらうけど」理奈は言う。「土星みたいなガス惑星には、大気どころか地面すら存在しないから。人はもちろん微生物も住めないだろうね。だから、何が土星人よって感じなんだけど」

「……無駄な教養は軽口を駄目にするんだ」

つまらなそうに春樹は言う。

僕が笑っていると、同じく笑いながら髪を搔《か》き上げる理奈と目が合った。真っすぐな黒い髪、色白な肌、僕より少し低い背丈、昔と変わらない。

理奈がゆっくり口を開いた。

「何年ぶり、かな」

「……多分、高校卒業以来だから、五、六年ぶりぐらいかな」

「もうそんなに経《た》つんだ」理奈は、過ぎ去った時間を値踏みするように呟いた。「この公園って、こんなに狭かったっけ」

「確かに、昔はもっと広々としてて、科学館も大きく見えた」

理奈が座っているこの丸太も、こんなに細かっただろうか。遠くに見えるプラネタリウムのドームも、あんなにこぢんまりとしていただろうか。

理奈は寂しそうな微笑《ほほえ》みを浮かべた。いつの間にこんな表情をするようになったんだろう。それは、昔と変わったことだった。

「待ってる間に喉渇いちゃったから、何か買ってくる」

理奈はそのまま立ち上がり、公園の外の自販機の方へと向かう。

僕は体重を金網の窪《くぼ》みに預けて、することもなく空を眺めていた。この窪んだ金網のフェンスはちょうど太陽系丸太の近くにあり、何故《なぜ》か背中のラインにフィットする。久々にここを訪れた僕の腰にもやはり馴染んだ。

「お前さ」

海王星の丸太に腰掛ける春樹が、太陽の向こうから僕に話しかけてくる。

「何だよ」

「理奈と、目合わせなさすぎ」

「そ、そんなことねえよ」

僕は慌てて否定するが、春樹は「これが惑星間コミュニケーションか」と一人でケラケラ笑っている。

「もうちょい上手くやれよ。別れたって言っても、もう何年も前の話だ」

「そりゃそうなんだけどさ」

「だけど？」

「別れてから何年も顔を合わせてないから、逆にどんな顔して話せばいいか分からない」

あの頃はどうやって話していたのだろう。

僕と、理奈、春樹、薫。四人は昔からずっと一緒に過ごしてきた幼馴染だった。僕らを結びつけたのが、宇宙だった。

僕らは、それこそ科学館にたむろするぐらい宇宙が好きだった。仲良くなったのも、小学校の自由研究で宇宙のことを共に纏《まと》めたのがきっかけなぐらいだ。星を眺めるのが大好きだったから、ここのプラネタリウムは何度見ても飽きなかった。僕にとって宇宙は憧れだった。夢だった。高校生になっても変わらないはずだった。

理奈と付き合い始めたのは、中学三年生の夏だった。星空の下で付き合い始めて、そして、星空のせいで別れた。いや、星空のせいなんかじゃない。あれは、自分のせいだった。

僕は宇宙を夢見るのをやめた。

高三の文理選択で文系を選んだ。科学館を避けるようになった。だから、そのタイミングで理奈との関係は自然消滅した。四人の仲も、僕と理奈が別れたことで大きく崩れてしまった。

しかし、僕らはそのことを無視するように、再びこの科学館に集まろうとしている。僕らは宇宙の話をして繋《つな》がってきたのだった。じゃあ、宇宙から目を背けたのなら、これからはどうなるんだろう。僕らは再び分かり合えるんだろうか。

いつも、好きなものから逃げてばかりだ。僕は小さく溜息をつく。

「キャッチして」

前方の暗闇から声が聞こえる。それと同時に、結構なスピードで何かが飛んできた。

「うわっ」

パシッという乾いた音と共に、手に収まっていたのは、缶コーヒーだった。

「やるじゃん」

「捕れたら褒められるレベルの勢いで缶を投げるのはやめてくれ」

僕はキャッチした手をパタパタと振る。理奈は「せっかく奢《おご》ってあげたのに」と口を尖《とが》らせた。

理奈は太陽、春樹は海王星、僕は冥王星と、三角形を作るようにそれぞれ丸太に腰掛けて、同時に缶を開けた。理奈はミルクティー、春樹はサイダーだ。

「考えてみれば、高校生の頃は、こんな風にふらっと奢られるなんてことはなかったな」

僕は手の中の黒いスチール缶を眺めて言う。

「でも、祐人、ジュース奢るから勉強教えてってテスト前よく私に泣きついてたよね」

「うっ、そういえばそうだった」

「私、結構ご馳走《ちそう》になったよ。春樹もそうじゃない？」

しばらく黙っていた春樹が、口を開いた。

「祐人は理奈にしか頼まなかった。お前ら、勉強とか言いながら科学館でいちゃついてたし」

コーヒーを飲もうとする手が止まる。理奈も、金縛りにあったように動きを止めた。むず痒《がゆ》い沈黙を蟬の声が際立たせるが、春樹は何も動じず、サイダーを飲む。

「あ、無くなった」

春樹は缶の中を覗《のぞ》いてみたかと思うと、こちらに構うことなく立ち上がり、缶を捨てに行ってしまった。

嘘だろ、と思った。この状況で、奴は僕を理奈と二人きりにさせるのか。とんでもない野郎だ。何か話さなくては、と焦るが、そういう時に限って何も思いつかないのだ。

「……コーヒーって、やっぱり美味《おい》しいの？」

沈黙に耐え兼ね、理奈がぎこちなくこちらを向く。

いきなりそう聞かれても、と思ったが、「やっぱり」という言葉に引っかかりを覚えた。

「……どうだろう」

僕は高校生の頃のことを思い出す。

昼休み、校舎の中は賑やかで、まるで、どこからともなく人が湧いてくるみたいだった。ピロティーには自販機が並んでいて、昼休みになると人もよく集まるのだ。

「コーヒーって美味しいの？」

思案顔で自販機を見ている理奈が、一番下の段にある黒い缶に注目している。

「え？　理奈、コーヒーにするの？」

「いや、しないけどさ」

「まあ僕はコーヒーでいいや」

自販機に小銭を入れて、ボタンを押す。

「しかもブラック」

理奈が呟くと同時に、ガコン、とコーヒーの缶が落ちる。隣を見ると、理奈は飲んでもいないのに、うへー、と苦々しい顔をしている。そんな姿を無視しながら、僕はタブを開けて飲んだ。

「……コーヒー、美味しいの？」

「多分」

「何それ、曖昧」

「正直、飲みなれたからもうよく分からないんだよね」

理奈が僕の手の中のコーヒーを奪い、一口飲んだ。間接キスだ。

すぐに「苦い」と言って、僕に缶を押し当てる。俯いているのは、コーヒーが苦かったからか、それとも恥ずかしかったからか。そう詮索する僕も、頰が紅潮しているかもしれない。

「えっと、私は、苦いのより甘い方がいい」

理奈は何かを仕切りなおすように宣言し、自販機に小銭を入れて、ミルクティーのボタンを押した。

僕らは人の多い廊下を歩きながら、ピロティーから教室へと戻る。

「コーヒーの美味しさって、難しいなあ」

理奈はミルクティーを飲みながら、まだコーヒーの話を続けていた。

「そうでもないと思う。案外飲みなれちゃえば、美味しく感じるって」

「本当？」

「多分だけど」僕は考えをまとめながら、喋る。「分からないものでもさ、だらだら続ければ、意外と分かっちゃうもので。コーヒーだって、最初は苦くてもさ、飲み続ければ悪くないって思えるようになるんだよ」

「そういうものかな」

理奈は納得したような、納得していないような顔をしている。

「とりあえず、惰性バンザイってこと？」

「……じゃあ、惰性バンザイってことで」

僕も、納得したような、納得していないような顔で答える。

「俺はコーヒーあんま飲まないな」いつの間にか戻って来ていた春樹が、丸太に腰掛ける僕らの前に立っていた。「てか、なんでコーヒーの話に？」

「いや、祐人はしょっちゅうコーヒー飲んでたな、って自販機の前で思い出して」

春樹がしらじらしい目つきでこちらを見た。

「どうせ格好つけてただけだろ。いたなあ、教室でドヤ顔してブラックコーヒー飲んでるやつ」

「べ、別にそんなんじゃねえよ」

「コーヒーぐらい俺でも飲めるのになあ」

うー寒い寒い、と、蒸し暑い外気の中で春樹は身をすくめた。

「だから本当に違うって。恥ずかしい、やめて」

必死に否定するが、理奈と春樹は顔を見合わせ、首を傾《かし》げている。自分の声だけが、虚《むな》しく辺りに響いた。

「あんたたち、久しぶりに集まっといて、話の内容がコーヒーって」

呆れたような声が聞こえた。知らぬ間に、薫が目の前に立っている。

「あ、薫。抜けてきちゃって大丈夫だったの？」

理奈が丸太から立ち上がり、こちらへ来る。僕も腰を上げた。

「うん、あとは乃々さんと親戚でやるから大丈夫だって」

「それじゃあ、ようやく四人揃い踏みっ」

春樹が、踏みっ、と言うタイミングで軽く跳ね、大げさに着地してみせる。

「何年ぶりに集まったんだ、って感じだけど、やっぱりしっくりくるね」

薫も軽く跳ね、笑う。僕と理奈もつられて跳ねた。

「でもっ」着地すると同時に理奈が言った。「意外と、時間が経ったね」

互いが互いを見た。そして、少し笑った。

高校生の頃は、自分が将来何になっているか、という期待と不安で一杯だった。でも、今となってみれば、四人とも当たり前のようにその将来の中で暮らしている。

「僕は、薫が科学館で働いてるっていうのが一番驚きかな」

「自分でも結構驚いてるよ」

「理奈は、まだ大学院か？」

春樹がそう尋ねると、

「うん。学生なの、もう私だけか」

と照れくさそうに頭を掻く。

「やっぱり理奈は賢いねえ」

薫は理奈に抱きつき、そんな薫を理奈は笑って押しのけている。

僕らの中で唯一、理奈は大学院に進んだ。理奈は宇宙が大好きだった。そう、大好きだったのだ。

僕は、とても理奈には敵《かな》わなかった。


無事全員が同じ高校に入学できた僕らは、高校生になっても部活に入ることなくのんびりと時間を過ごしていた。

放課後、僕らが科学館で喋りながら勉強をしていると、よく理奈は図書室から本を持ってきた。目をキラキラさせて戻ってくるのだが、その持ってきた本は甘い恋愛小説などとは程遠い、物理学や数学の専門書、しかも、どう見ても高校レベルを超えているものばかりだった。

「宿題に飽きちゃったから」

そう言って笑っていたが、まず女子高生が笑いながら手にするような本ではないのだ。

僕らが宿題をしている間、理奈はそんな専門書を読み、見ているだけで目が回りそうな数式をノートに書きつけたり、館長に質問をしたりして過ごすのだった。僕も理奈の真《ま》似《ね》をして、そういう本を開いてみたことがあった。でも内容はさっぱり分からなくて、すぐに読むのを諦めてしまった。

学校のテストでは、理奈が理系教科で本領を発揮し、学年トップを取ることもあった。

「たまたま運が良かったんだよ」と理奈は笑う。偶然なんかじゃないことを僕は知っていた。

僕らは宇宙が大好きだった。でも、理奈は群を抜いていた。理奈はそのまま隣の県庁所在地、N市にある国立大学の理学部に余裕で受かった。

理奈の宇宙に傾注する姿を、そしてその学問への才能を目の当たりにすると、理奈は宇宙に愛されているのだと思えてならなかった。自分はどうなんだろう、と思ってしまった。

夢を見続けたのが理奈なら、夢から覚めたのが僕だ。


「院を出たらどうするんだ？」

春樹が聞いた。

「……私は、このまま大学に残る予定かな」

「そうなんだ」

僕はチクリと蘇《よみがえ》った感情を出さないように、そっけなく言う。

「俺は案の定、実家を継いで、町の電気屋さんだ」

春樹がそう言うと、薫がすぐ言葉を返す。

「皮肉屋さんじゃなくて？」

「何屋だそれ、肉屋か」

むっとしている春樹を見て、薫がケラケラ笑った。

薫はそのまま「で、祐人は今なにしてるの？」と尋ねてくる。

「僕は役場の観光課で公務員やってるよ」

「意外と手堅いじゃん」

「手堅くて何が悪い」そう言うと、再びチクリとした何かが胸を刺す。僕は気付かないふりをして続ける。「それより、今日はなんで集まったの？」

どうせ、集まった理由なんてないんだろうな、と思いながら聞いたが、少しだけ薫の顔が曇ったことに気付いた。

「……少し、手伝ってほしいことがあるんだ」

薫は急に声のトーンを落とす。

一体何を言い出すのだろうか。僕らは薫を見つめた。

「この科学館は、今月で閉館するの」

閉館？

全員が黙ったままだった。何を言えばいいのか分からない。沈黙が続いた。

「……それは、館長が亡くなったから？」

理奈の声は、収縮した胸から必死に絞り出されたようだった。

「それもある。でも、元から閉める予定だったんだ」

「……N市の科学館か」

春樹が、少し鋭い声で言うと、

「そう」

薫が頷《うなず》いた。

「N市立科学館が、来年の春に改修工事を終えて、リニューアルオープンするのは聞いたことある？」

N市立科学館。その名を聞いて、少しずつ事情が呑み込めてきた。

「リニューアルの目玉が、ドーム径三十五メートルの世界最大級プラネタリウム。ここの科学館のドーム径が十四メートルだから、N市のがどれだけ大きいか分かるでしょ。それに、うちのプラネタリウムはもう古いから、結構ガタが来てて、維持費もかなり掛かる。だから、このタイミングで閉めるのが妥当なんじゃないかっていう話があったらしい。スタッフも私と乃々さんとあと数人しかいないから、プラネタリウムの投映とか解説とかが結構カツカツなときもあってね。本当は来年の三月に閉館する予定だったけど、館長が倒れてから、それを早めて八月末までにしようって話で決まったんだ」

　薫は、悲しそうな顔はしていなかった。ただ、何かに後ろ髪を引かれるような寂しい表情だった。

　その顔を見て、もうこれはどうしようもない現実なのだと分かった。科学館がなくなることは揺るぎない事実だった。大切なものが呆気《あつけ》なく潰れていく。何も出来ないまま、目の前で潰れていく。

「その、僕らは何を手伝えばいい？」

　取ってつけたような質問で、僕は何かを誤魔化そうとしている。

「具体的には、図書棟の本と、資料の整理。多分春樹の店には今後正式に電気関係の整理とかの依頼をすることになると思う」

「……関係のない私たちがそれに関わってもいいの？」

　理奈が尋ねると、薫は笑った。

「スタッフだけじゃ人手が足りないし大丈夫。これは私と、乃々さんと、そして館長からのお願い。あいつらにも声をかけてくれって頼まれたの」

　館長からのお願い。

　館長は、僕のことを覚えていてくれた。

思い出の場所を、また、自分が逃げ出した場所を、自らの手で閉める。館長が、ちゃんとけじめをつけろと僕に言っている気がした。

3

夏の日差しは容赦がない。日に当たる全ての物をじりじりと焦がす。

ちょうど正午を過ぎて、一日の中で一番暑い時間帯に差し掛かっていた。午前中に今日の分の作業を済ませた私は、陽炎《かげろう》の中、大学から科学館までの道のりをバイクで走ってきた。だが爽快感はなく、むしろ今日着て来た長袖のシャツが汗で張り付いて、気持ち悪い。

バイクを停めてヘルメットを脱ぐ。公園に入ると、子供たちの遊び声が聞こえた。どうやら太陽系丸太から聞こえてくるようだ。近づいていくと、小学生ぐらいの男の子たちが丸太の周りで鬼ごっこをしている。だが、駆け回る子供たちの中に一人だけ女の子が、いや、女性が交じっている。

薫だ。

「薫、元気だねえ」

「あ、理奈、やっほ……って、今タンマ中だって！　待て！」

私に構っている余裕はないらしく、薫は子供を追いかけて行ってしまう。私は仕方なく公園のフェンスにもたれた。このフェンスは昔から一部が大きく窪んでいて、それがやたらと腰にフィットするのだ。

会話の途中、少年にタッチされた薫は、丸太の上をぴょんぴょんと飛び跳ねながら、その子を追いかける。灼熱《しゃくねつ》の太陽の下でよくそこまで動き回れるな、と私は小学生たちと薫に感心した。

「お待たせ！」

鬼ごっこから抜けてきた薫が抱きついてきた。

「わ、暑苦しいから」

昔から、薫はすぐ私に抱きついてくるのだ。まあ、嫌じゃないけど、と内心で呟きながら、その体を向こうに押しやった。

この科学館に来たのは、先日薫から話があった、図書と資料の整理を手伝うためだ。

今日は月曜日、この科学館の休館日だ。私たちは正面玄関の前を通過し、図書棟の裏手に回る。そこにはクリーム色の錆《さ》びたドアがあった。どうやらこれが裏口らしい。私は薫に連れられて、その中へと入った。この裏口はうす暗い廊下に繋がっていて、奥で少し開いている扉の向こうが図書室の受付になっているようだ。

裏口から科学館に入ったことは今までない。昔はしょっちゅう来ていたこの建物にも自分の知らない場所があることが、何だか不思議に思えた。

科学館の中はクーラーで冷えていて、まるで生き返るような心地がする。薫はその廊下の途中にある部屋に入る。中は休憩部屋になっていて、今日来ているスタッフたちの荷物が置いてあった。

「荷物はここに置いて。みんなはもう中で作業始めてるから」

「分かった」

荷物を置いて受付へと向かう。その扉を開けると、見慣れた図書室の光景が広がっていた。

右のスペースには子供向けの本が集まっていて、背の低い本棚や、柔らかいソファーが置いてある。本棚が左に行けば行くほど、どんどん本の内容は難しくなっていった。小さい頃は子供向けの本ばかりを読んでいたけれども、中学生になると、左にある大人向けの本も手に取りだした。昔は本棚の一番上の段に手が届かなかったっけ。そうやって、読む本は少しずつ難しくなっていって、私はいつしか一番左にある専門書と真剣に向き合うようになっていた。

たくさんのことを思い出した。初めて入る受付カウンターからは、図書室の中が見渡せる。この中の色々な場所にある私の思い出が、一度に目に入るみたいだった。

「さあ、やろうか」

「……ふふっ」

「理奈、何笑ってるの？」

薫は何も動じることなく、さあ作業作業と腕を回している。ああ、本当に薫はここで働いているんだなあ、としみじみ思う。

後ろから、よく通った声が聞こえた。

「あら、理奈ちゃん。来てくれてありがとう」

「乃々さん！」

乃々さんは、昔と変わらない淡い水色のカッターシャツを着ていた。私よりもシャツ姿が様になっている。昔感じた若々しさは、少しも失われていなかった。

「理奈ちゃんも大きくなったわねえ。この前は話す暇がなくて、ごめんなさいね」

「……いえ、いいんです」

通夜の日、久々に乃々さんに会った。だが、あの日の乃々さんはやはり寂しそうだった。「ひねくれ者の館長は、私しか相手にならないわ」そう言って笑う乃々さんの姿を私は覚えている。「本当、あの人には困ったものね」と私たちに愚痴をこぼす乃々さんは、言葉とは裏腹に、いつも幸せそうだった。

「あの頃が懐かしいわね。四人が宿題をやっていて、私や館長がたまにジュースを差し入れたりして」

「あの差し入れのおかげで宿題を乗り切れた、とか祐人がよく言ってましたね」

祐人の、宿題を終わらせて安堵《あんど》する顔を思い出すと、笑いがこみ上げてくる。

「祐人君はいつも、宿題何にも終わってない、って項垂《うなだ》れてたわね」

私たちはクスクスと笑った。

「……あの頃、すごく楽しかったんです」

「私たちもとっても楽しかったわ」

乃々さんは図書室の中をゆっくりと見渡す。その目はとても澄んでいた。

「幸せな時間だったんだなって、今更ですけど、やっと分かった気がします」

「別に今更なんかじゃないわ。思い出の中にだけ、幸せな時間は存在するのよ」

今、乃々さんの目には何が映っているのだろう。昔の私たちが見えているのかもしれないし、笑う館長の姿が見えているのかもしれない。

「いろんなことが、あったわね」

「……そうですね」

この思い出の詰まった場所がなくなる。静かに、色々なものが失われていく。

図書棟は大きく三つに分かれている。まず、私たちがいつも勉強していた休憩スペース。これが一階の半分で、勉強や調べものをする学生や社会人、またプラネタリウムの観覧者に開放されている。二階には一般の人も借りられる会議室や研修室などがある。そして、一階のもう半分がこの図書室だ。

プラネタリウムに併設されているということで、図書室の本は、内容が科学分野に偏っていた。小説や実用書は少なく、図鑑や科学雑誌、宇宙に関する専門書などが大半を占めている。高度な内容の本も多い。

受付には、私と薫と乃々さん、そして、アルバイトのスタッフがいた。

薫が作業の説明を始めた。

「具体的な作業なんだけど、まずはここの本を町の図書館の蔵書と照らし合わせて、そこにないものをリストアップして。その本は向こうに収蔵されるから。で、図書館にあるものは、とりあえずそのままでいいわ」

「……なかなか、気の遠くなる作業だね」

「スタッフの数も限られてるし、休館日のときしか出来ないから、頑張らないと」

「そうだね」

休館日は月曜だから、祐人や春樹は普通に仕事がある。平日に手伝えるのは、ある程度時間の融通がきく私ぐらいしかいなかった。

「よし、じゃあ始めよう！」

薫の掛け声に、おー、と答えて、作業を始める。

作業は単調だ。一回で持てるだけの本を抱えてきて、パソコンの横に置き、一冊ずつ町の図書館の蔵書と照らし合わせていく。それが終わると本を棚に戻し、再び次の本を持ってくる。

単純作業はどちらかと言えば嫌いだった。目新しいこともなく、像を結ばない、もやもやとしたイメージが頭の中に居座っている気がする。

ふと、ここ最近大学に行く気が失《う》せていることに気付いた。大学の研究室でも、単純な計算作業が続いていた。

学ぶ気が起きなくなったことなんて、今までなかった。小説を開けば未知の世界に行けるように、宇宙のことを知るたびに自分の世界が一気に広がったような気がした。この図書室の本を開くたびに、自分の住む世界のことをまだ何も知らないんだと思い知らされた。そんな壮大な世界の理《ことわり》に触れて、私の好奇心は加速していった。

でも、気付くと私は立ち止まっている。

科学者になって、宇宙に携わりたい。漠然とした憧れが現実になろうとしていた。それなのに、私の日々は輝いていなかった。

戸惑い、周りを見るが、一緒に空を眺めたみんなはもう隣にいない。

どうやって、私は進んできたんだっけ。私は何に憧れていたんだっけ。そうやって、必死に思い出そうとしていたときに、館長が亡くなった。そして、私から離れていった祐人が、再び目の前に現れた。

現れたはずなのに、私は、みんながどこかに行ってしまったような気がしている。夢に区切りを付けたのが祐人なら、夢にしがみついていたのが私だった。

ボーンと、昔からここに掛けてある時計が鳴り、我に返る。時計は三時を示していた。考え事をしていても手が止まることはなく、気付けば結構な量の本を整理し終えている。周りを見渡すと薫やスタッフのみんなは集中して作業を続けていた。私は一息つくためにそっと席を立ち、休憩スペースの方へと向かう。

図書室を出ると辺りは静かで、改めて今日が休館日であることを思い出す。私は自販機で缶のミルクティーを買った。やっぱり、休憩には甘いものが一番だ。

ミルクティーを飲みながら、誰もいない休憩スペースに一人腰掛けた。ガラス張りの空間に、南側から強い日差しが降り注いでいる。目を細めながら外を眺めていると、正面玄関の前に立つ、一人の少年が目に入った。夏らしくよく焼けていて、部活か何かの帰りなのだろうか、制服を着ている。どこにでもいそうな高校生に見えるが、何故かその姿に見覚えがあった。少し考えてみるが、よく思い出せない。その彼は玄関の前で中の様子を窺っている。何か用事でもあるのだろうか。

ふと、彼と目が合う。彼はぺこりと頭を下げた。つられてこちらも会釈をするが、何か声を掛けるべきか、いやいやここからじゃ話せないだろう、と私が戸惑っている間に、彼は立ち去ってしまった。


うーん、誰だったんだろう。私がもやもやとしながら図書室に戻ると、そのもやもやの原因である彼が閲覧席に座り、眠っている。

「え、さっきの男の子？」私は戸惑い、思わず声を上げてしまった。「どこから入って来たの？」

「普通に裏口からです」

少年が薄目を開けてだるそうに答えるから、私はさらに混乱する。

「おーい、理奈」薫が困惑する私に気付いてこちらに来た。「どしたの？」

「いや、この子が中に入って来てて」

「ああ、直哉《なおや》君、夏休み満喫してる？」

話しかけられた彼は、不服そうな顔で薫を見た。

「こうやって、誰かさんに雑用を頼まれなければ、ですけどね」

「えっと、こちらは直哉君。館長と乃々さんのお孫さんよ」

「え？」

私はその彼をじっと見た。確かに、その目元や口元は館長に似ている気がする。気がするだけかもしれないが。

「誰か分からなかった？」

「うん、まったく」

「これは、難題だったかなあ」

「いつクイズになったんですか」

直哉君が私の代わりに呆れていた。

聞けば、直哉君は私たちの母校である高校の二年生で、今は学校の夏期講習の帰りらしい。直哉君も薫に整理の手伝いを頼まれ、ここに呼び出されたそうだ。

直哉君がきょとんと私を見ていることに気付き、慌てて自己紹介をした。薫の同級生で、今は大学院で勉強していると話す。

「……じゃあ、英文は読めますか？」

「英文？」

直哉君の唐突な質問に首を傾げる。

「はい。英文です」

「……まあ、読めないことはないけど」

大学院に入ると、英語の論文を読む機会は少なくない。だからある程度は英語が読めるつもりではあった。だが、英語を読んでいる時間はあまり好きではなく、積極的にはなれなかった。

「じゃあ、あのファイルを理奈さんに見せるのはどうですか？」

「え、あれ？」

薫が私に目を向けた。話の行く末が分からず再び首を傾げた私を見て、何故かニヤリと笑う。

「……何で今笑ったの？」

「いいからいいから」

意味深な笑みのまま、薫はカウンターの奥へと消えてしまう。

「ねえ、私何させられるの」

「別に大した用件でもないですよ」

だらりと席に座る直哉君は、はっきりと答えてくれない。どうやら話は薫が戻って来てからということらしい。

「まあ、何かしらの英文を読まされるのか……」

私は聞き出すのを諦めて、直哉君の隣に腰を下ろした。

直哉君の制服は、私が高校生だった頃と変わっていなかった。その姿を見ていると、何だか懐かしくなってくる。

「もう学校に、私が知ってる先生もいないかなあ」

「……どうでしょう、誰か覚えてる先生とかいますか？」

「えっと、じゃあ細山《ほそやま》先生って知ってる？」

　ふと思い出して、私は聞いた。

「細山先生……うーん、先輩がその名前を言ってたような」

「物理の先生で、館長ぐらい頭が良くて、あと名前の通り、細かい人なんだけど」

「何が細かいんですか？」

「うーん、考え方？」

「名前が細山だから考え方が細かいって、短絡的すぎませんか」

「……そうかな」

　私は首を傾げた。


　高校生の頃、私はしょっちゅう館長に質問をぶつけていたのだが、館長に聞いてもよく分からなかったときに頼るのが細山先生だった。

　細山先生は、館長と同じぐらいの年の先生だった。一見がさつなおじさんに見えるが、実は相当に頭が切れる人だったと私は思っている。

私が主に質問していたのは、大学で習うような現代物理の内容だったりしたから、そうそう一筋縄ではいかないものばかりだった。

そんな質問を館長に持っていくと、館長は式から式へと簡単に移ってしまい、その論理に追い付けないことがざらにあった。

しかし細山先生は、ひとつひとつの式をゆっくりと丁寧に追っていく。それはとても着実な作業だった。

「一つの計算ミスが、一生のミスになる」

これが細山先生の口癖であり、信念だった。

ある日、館長に質問を持っていったとき、たまたま細山先生の解説が書かれたページを開いたことがある。

「これ、細山先生の解説か?」と館長が聞くので、そうだと答えると、館長はこう言うのだった。

「名前通り、細かいことを気にする人だ」

確かに、先生の解説にはどんな些細《ささい》なことでも、間違えやすいところにはすべて印が打ってあった。やりすぎとも思えてしまう量だ。ちなみに細山先生の下の名前は『正《ただし》』で、これもまた間違いを糾弾する名前のようにも思える。

「……間違いなんて、誰でもするのに」

館長が何だかつまらなそうに言う。

「細山先生は、『一つの計算ミスが、一生のミスになる』って言うんですよ。大袈裟《おおげさ》かもしれないけど、確かにって思って」

「……確かに、一理あるな。計算ミス一つでさえ劇的に人生を変えてしまうこともある。否定はしないさ」

館長は神妙な面持ちで頷いた。館長なら、そんな訳あるかと笑い飛ばしてしまうかなと思ったが、普通に納得したのは意外だった。


「うーん、細山先生……聞いたことがあるような、ないような」

「でも、もう退職しちゃったかもねえ」

細山先生が本当に館長と同い年ぐらいだったなら、もうとっくに定年を迎えていてもおかしくない。何となく、館長と細山先生が知り合いだったら案外気が合うのかもしれないと思った。

数分して薫が帰ってきた。

「ごめんごめん、別の資料と紛れてて遅くなっちゃった……って、随分暇そうだねえ」

椅子にだらりと腰掛ける私たちを見て、薫が呆れ顔を浮かべた。

手には薄めの紙のファイルを持っている。くすんだ茶色で、随分と年季が入ったものだった。しかし、表紙にタイトルや名前などは何も書かれていない。

　薫がファイルを開くと、そこには案の定、英語でびっしりと綴られた書類が綴《と》じられていた。

「科学館にあった館長の私物を整理していたときに出てきたの。同じようなファイルはいくつかあったけど、他のはこれよりも分厚かったし、『星座資料』とか『図書分類』とか、科学館に関係あるタイトルが付いていたの。よく分からないのはこれだけ。館長が遺《のこ》した、英語と数式のミステリーファイル」

　薫はわくわくしているように見えた。気分はさながら探偵だろうか。

　そんな薫に溜息をつきながら、とりあえず英文に目を通してみる。一見して、書類にもタイトルなどは見当たらない。それどころか、途中から始まっている文も見受けられた。何か長い文章の途中から抜粋されているようだ。専門用語であろう単語が多く目に付き、なかなか意味を取りにくい。自分が研究している分野からは外れているようだった。

　繋がりのないページが数枚続き、中には半円に矢印が描き込まれた図もある。これは、星か何かの運動のように見える。

　次のページには、これも論文からの引用と思われる長い計算式が印刷されている。詳しく見てみるが、私の知らない方程式が立っていてよく分からない。ただ、とても複雑で、素人が扱えるようなものではないのは間違いない。

最後のページには再び、館長の手書きであろう計算式が続いている。殴り書きの字で、式の所々にバッテンが打たれ、数値や記号が訂正されている。

印刷されたものと手書きのもの、二つの式を見比べていると、何か同じことを計算していたことが分かる。だが弾《はじ》き出された結論は互いに違うようだ。これは一体どういうことだろうか。

「何か分かりますか？」

「うーん、この数式は何かの運動量を求めてるっぽいけど、詳しくは分からない。英文に関しては、ちゃんと読んでみないことにはどうにも」

「ですよね」

直哉君は特に残念そうでもなく、収穫がなくて当然といった様子で返事を寄越す。対照的なのは薫だ。

「えー、もっと頑張ってよ。館長の最後のメッセージがここに残ってるかもしれないんだから」

「全文英語、高度な数式。もしこれが暗号のつもりなら、私は館長にナンセンスすぎだって怒鳴ってるね」

「いやいや、たとえどれだけナンセンスでも、もしこれが本当に暗号だったらどうする？　理奈はこのファイルの謎を放っておける？」

意地悪な笑みを浮かべて薫が言うので、私は深く溜息をついた。

「理奈と直哉君と、それに私。三人寄れば文殊《もんじゅ》の知恵だよ」

「もう一人いれば、どうだったたっけ」

「……懐かしい」

薫が笑った。自分で言っておいて、くすぐったい気持ちになる。

「……何の話？」

「ただの思い出話」

「ふーん」と興味なさげな返事を直哉君が寄越した。

私がそう言うと、

「……で、理奈、謎解きするの、しないの？」

「やるよ。どうせ私はやらないと気が済まない人間ですよ」

私は半ばやけくそに答えた。「え、やるんだ」と直哉君が驚いたように声を上げた。

ミステリーファイルなんてものを持ち出してきた時点で、軍配は薫に上がっていたのだ。そういえば一番の探偵気取りは私だったか、と自分の性格に閉口する。

昔から、与えられた謎が嫌いだった。なぞなぞの答えが分からなくてカリカリし、クロスワードが埋まらなくてイライラし、とにかく謎に直面するとそれだけに心を奪われてしまう自分の性分が嫌いだった。嫌よ嫌よも好きのうち、なんてことを春樹に言われたことがあるが、小さい頃からこの性格を自覚している私にとって、これは厄介以外の何物でもない。

その反面、自分が見出した疑問には、ずっと真っすぐに向き合ってきたと思っている。宇宙への疑問は尽きることなく、私を学問の世界に誘《いざな》ってくれた。

とにかく何が言いたいかというと、私はいつも身の回りのクエスチョンマークに引きずり回されてきたのである。

毎年科学館では夏に催し物が開かれていた。ペットボトルロケット作りや科学実験の実演から、もはや科学と関係ないお化け屋敷まで、館長の言葉を借りるなら、「『有意義な夏休み』ではなく、『楽しい夏休み』を送る」ためのイベントを、館長や乃々さん、スタッフさんが企画して行うのが、恒例となっていた。

私たちが中学三年生だった年のイベントのタイトルは「科学館探検隊」、科学館にちりばめられた謎を解いてゴールを目指すというものだった。

科学館の前の看板に、でかでかとそのタイトルが掲げられていた。その文字を読んでげんなりとする。どうして、私に謎を突きつけるのか、何かの嫌がらせなのか。

しかし、薫は「さあ、館長掛かって来い！」とやる気満々でファイティングポーズを取り、春樹も「腕が鳴る」と科学館の前で準備運動をしてみせる。祐人はそんな二人を楽しそうに見ているから、私だけ参加しないというわけにはいかなかった。

館内はいつの間にか華やかに、そして怪しげに装飾されていた。黒い布が壁に掛けられ、その上に星座が記されている。いつもは置いていない花瓶や絵も、この日のためだけに飾られていた。こういう物も謎解きの鍵になるのだろうか。私の脳はすでに、自分の意思とは関係なく回転し始めている。

「ふあっはっはっはっ！」

奥から、胡散臭《うさんくさ》い笑い声が響いてきた。そこには、いったい何処《どこ》で買ってきたのだというような真っ黒に染められた白衣（黒衣とでも言えばいいだろうか）を身に纏った館長がいた。仮にも図書室でそんな大声を出していいのか、と私は不安になる。

「ようこそ、我がマッドサイエンティストの研究室へ。私が仕掛けた謎を君たちは解けるかな」

ノリノリである。周りの大人たちからは笑い声が漏れているが、館長は全く気にしていない。

「……館長、見てるこっちが恥ずかしいんだけど」

「こういうのはムードが大切なんだ、探検家諸君」

私の苦情、というか助言には動じず、私たちを先へ進むように促す。

「すでに探検とマッドサイエンスが関係していない」

「主軸がぶれてる」

春樹と薫が厳しい言葉を投げかけている。

一方、既に館長への興味がなくなっている私は、入口で貰《もら》ったプリントを見ていた。謎を解く手がかりとして配られたものだ。どうやら一つ謎を解くと次の謎が現れるというラリー形式で作られているらしい。

私たちは、早速館内を回り始めた。『三人寄れば文殊の知恵』という言葉はなかなか的を射ているようだ。ちりばめられた謎はどれも難しかったが、全員で知恵を出し合って、最後の謎まで辿《たど》り着くことが出来た。

しかし、ここで行き詰まってしまった。

行き詰まった問題は、今でもよく覚えている。場所は休憩スペース、暗号は『北を探せ。ゴールへの光はそこにある』と、たったこれだけだった。

休憩スペースにもいつもと違う装飾がたくさん施されている。机の数は大きく減らされ、南側と北側に一列ずつ並べられているだけだ。南側の机に二つ、北側の机には三つ、カラフルなステンドグラスのランプが置かれていた。天井から横の壁へと黒い幕が五枚垂らしてあり、空中で五芒星《ごぼうせい》を描くようにクロスしている。目の前に広がる奇妙な空間を見て、本当に知らない世界を探検しているように思えた。

薫と祐人は、北だ北だ、と言って愚直に北側を調べ始める。北側の幕や、机の裏、自販機の下……色々と探し回るが、何も見つからない。春樹は疲れたから、と休憩スペースの机に突っ伏して、完全に白旗を上げていた。

私も、もう無理、と投げ出してしまいたかったが、本能が答えを追い求めているのでそんなことは出来ない。北……N、それとも……。

春樹が突っ伏したまま「これ、どこで買ったんだろ」と無気力な声で言った。春樹の前にはステンドグラスのランプが置かれている。

ムードを作るための装飾だろうと思っていたが、これに何か意味があるのだろうか。ぼんやりと五つのランプを目で追っていく。私は、まるで星と星を頭の中で繋いでいくように、そのランプを見ていたのだ。

急に頭の歯車が回りだした。北、光、星……北極星、ポラリス。ゴールへの光、北への光、ランプ……。

「あっ」

分かった。

みんなが私を見た。「え、何?」と薫が声を上げる。

「これだよ！　これが、ゴールへの光！」

私は、春樹の顔の前にあるランプを指差した。

この配置が、ゴールへの光だったのだ。五つのランプが、カシオペヤ座の形に置かれている。カシオペヤ座は北極星の位置を、すなわち『北』を示している。カシオペヤ座の外側二辺を延ばし、その交点とカシオペヤ座の真ん中の星を結んだ線をさらに延長すると、それがちょうど北極星ポラリスにぶつかるのだ。

同様のことをこの休憩スペースでもしてみる。線を延長すると、ガラスを越え、そして、図書棟の外にある看板へぶつかった。

その看板はプラネタリウムの場所を示した矢印だった。

「おめでとう諸君。それにしてもよく解けたな」

プラネタリウムに着いた私たちを迎えたのは、例の黒衣を着た館長だった。

「あんなの、俺たちには余裕だよ」

「いや、春樹、あんたが言うか」

私は机の上で燃え尽きた春樹を思い出して、苦笑いする。

「結構難しくしたはずだが？」

そう館長が尋ねると、

「四人がいれば、最強なんだ」

薫は腕を組み、まるで館長を挑発するかのように堂々と言った。

「『三人寄れば文殊の知恵』なんだから、四人もいれば最強だ」

春樹も顔色一つ変えずにそう言ってのける。最強、という響きがえらく気に入ったようで、薫は、最強だ最強だ、と声に出してはしゃいでいる。

「春樹は最後、もう完全に降参してたけど？」

「でも、俺があのランプのことを言わなかったら、ここまで辿り着けていないかも」

「うーん、まあ、そうか……」

私は少し首を傾げたが、祐人と薫の嬉《うれ》しそうな姿を見ていると、そんなこともどうでもよくなった。

そうだ、私たちは最強だ。たとえ春樹が燃え尽きていたとしても、四人じゃなきゃ最強じゃないんだ。なんだか嬉しくなったのを覚えている。

ボーン、と壁掛け時計の鳴る音が聞こえた。時計を見ると、針は七時を指している。整理作業を続けていると、あっという間に時間は過ぎていた。沈みかけの太陽から弱々しい西日が差し、図書室の奥の本棚を照らす。薄暗闇の中、無数の本の背表紙が淡い橙《だいだい》に輝いている。

「あー、もうこんな時間」

時計の音を聞き、薫は大きく伸びをする。ちょうど集中力も切れてくる時間なのか、みんなが作業の手を止め、体を伸ばした。私も腰を反らし、くうっ、と声を上げる。

「一つの作業に没頭してると、時間が過ぎるのがあっという間ね」

乃々さんが笑った。

「でも、今日はすごい整理がはかどりましたよ。理奈も手伝ってくれるし、このペースでいけば、余裕をもって図書の引継ぎが出来そうです」

「あら、みんなのお陰ね」

乃々さんに褒めてもらえるのは、いくつになっても嬉しいものだ。えへへ、と笑う。

「あー、腹減った」

覇気のない声が聞こえてきたので目を向けると、直哉君がカウンターにもたれてぐったりとしている。

「今日は、この辺りで終わりにしましょうか」

乃々さんの意見に一同が賛成して、私たちは資料や荷物をまとめはじめた。

片付けには意外と時間がかかり、私がカウンターに残っていた本を本棚にしまい終わる頃には、外もすっかり暗くなっていた。そのとき、コンコンとガラスをノックする音が聞こえた。少し驚き、辺りを見渡す。まだノックは続いていて、どうやら休憩スペースの方から聞こえてきているようだ。一体こんな時間に誰だろうか。

「誰、かな？」

近くで作業をしていた薫も首を傾げて言うので、

「……見に行ってみようか」

と、二人で休憩スペースへと向かう。

図書室を出ると、休憩スペースは暗闇に包まれていた。照明は全くついておらず、自販機の白い光がぼうっと辺りを照らしているだけだ。とにかく暗く、ガラス張りの室内からも、外の様子は窺えない。

「私、電気つけてくるね」

恐る恐る、薫は壁に近づいていく。手探りでスイッチを探しているようだ。私が不安になっている中、ぱっと明かりがついた。

私が急な明かりに目を細めながらも外を見ると、北側に男が立っていることに気付く。スーツ姿のその男は、突然の光にうろたえていた。正直なところ、ものすごく間抜けに見えた。

「あれ」

私が声を上げて指差すと、薫もその方向を見た。

「あれってさ……」

しばらくして、薫が呟くので、

「祐人、だよね」

私もそう続けて、二人で顔を見合わせる。

どうやら、向こうもこちらに気付いたようで、懸命に手を振っている。暗闇にぽつんと立つ祐人は、変質者というには滑稽すぎた。

「馬鹿丸出しというか、なんというか」

「はあ、私、迎えに行ってくる」

薫は溜息をつき、図書棟の裏口へと向かって行った。


薫に案内されて、祐人も図書室に入ってきた。辺りをきょろきょろと見渡すのは、私と同じように、ここが随分と懐かしく感じられたからだろう。

「この人は？」

直哉君が首を傾げる。

「あ、薫と理奈の幼馴染で、神庭《かんば》祐人っていいます。……君は？」

「俺は館長の孫の直哉です。……祐人さんって、薫さんによく振り回されてた、あの祐人さんですよね。よく思い出話に登場するんですけど」

「お前……どんな話したんだよ」

「うーん、秘密」

そう言って、薫が受付のカウンターにもたれて尋ねる。

「それで、こんな時間にどうしたの？」

「今日、本の整理してるって言ってたから、まだ作業中かなって思って来てみたんだけど……」

「今日はちょうど終わっちゃったわね」

奥で片付けをしていた乃々さんが、カウンターへとやって来る。「久しぶり」そう言って、にかっと笑った。

「そう、ですね」

祐人が頭を掻く。そういえば、祐人が乃々さんと話すのも久しぶりのはずだ。

「祐人君も、大きくなったわね」

「そんなことないですよ」

「昔はこんなに小さかった」

乃々さんは親指と人差し指で、数センチの隙間を作ってみせた。

「さすがにもうちょっと大きいですよ」

「あら、そうだったかしら？」

「相変わらずとぼけるのが上手なんだから」

祐人が呆れたように言うと、乃々さんは「褒められちゃった」とおどけてみせる。

私は、それを見ていて、無性に懐かしくなった。この科学館は、昔と何も変わらない。

私たちに寛容で、のんびりとしていて、何も責められることはなくて、どこまでも心地いい場所だった。

昔はここに何かと理由を付けて集まった。勉強したり、遊んだり、本を読んだり、だらだらと時間を潰して、五時からのプラネタリウムを見た。その後、外のグラウンドに出て星空を見上げた。同じ場所に立って、同じ空を見ていた。

あの頃は、みんながいた。

「……理奈？　どうしたの？」

「え？　あ、何でもない」

薫に呼びかけられて、取り繕うように返事をする。

「ほら、荷物持って。行くよ」

「ああ、うん」

カウンターから離れ、向こうの机に載った荷物を持ってくる。みんなのいる方に目をやると、祐人は直哉君と何かを話し、笑っていた。

受付の奥に入り薄暗い廊下を進むと、図書室の電気が消されて、一瞬真っ暗になる。その暗闇が、胸の隙間に入り込むようだった。何かが、沸々と湧き出てくる。

「昔もこうやって帰ったたな」

「変わらないね」

乃々さんが裏口を施錠するのを見届けてから、じゃあね、と一同が帰路についた。そして私は祐人と二人きりになっている。

バイクを科学館に置いてきたことは、祐人に言っていない。祐人と話がしたかった。いや、話をしなきゃいけない気がしたのだ。

「そういえば祐人、実家に住んでるんだ」

「え？」

「だって、帰り道一緒だし」

昔も科学館の帰り道は祐人と一緒だった。この先にある川の橋を渡ったところで別れるが、そこまではこうして話をしながら、歩いて帰っていた。

「あ、いや、実家の近くにアパート借りて、住んでるんだよね」

祐人は頭を掻きながら答える。

「え、それなら実家に住めばいいじゃん。お父さんお母さん喜ぶよ」

「……小言ばっか言われるから、嫌だ」

「なにそれ」

祐人が本当に嫌そうな顔をしていたから、私は思わず笑ってしまう。静かな夜道に、自分の笑い声が反響した。

その音が消えると、私たちの間に沈黙が降り立った。

私たちは、付き合う前からこんな風に歩いていた。帰り道は祐人と一緒。それが当たり前だった。祐人を意識するようになったのはこの道がきっかけかもしれない。そう思うと、どこかこの状況が恥ずかしく、懐かしく、少し寂しかった。

そんな気持ちを誤魔化すために、私は視線を上げた。白い街灯の光が私たちを照らし、その上で街路樹が揺れている。街灯の光は随分素っ気なくて、町が私たちにそっぽを向いているような気がした。

しばらく進むと、街灯と街路樹が途切れた。私たちは橋の上にいた。木々に隠されていた空があらわになる。橋の上を心地いい風が通り抜けていく。

どちらからともなく、私たちは空を見上げた。

空に大きく描かれた夏の大三角が、すぐ目についた。そこから視線を下ろしていくと、低いところにあるさそり座も全体が見える。ぐるっと体をねじって北を向くと、季節に構うことのないカシオペヤ座の姿がある。

「相変わらず、綺麗《きれい》だ」

飾り気のない橋の欄干に寄りかかって、祐人が呟いた。

綺麗？

最後にこうして夜空を眺めたのはいつだろう。昔は、星を眺めているとき、強い憧れを感じていた。胸の高鳴りが言いようもなく星空を輝かせていた。

じゃあ今はどうだろうか。この星空は、自分の目に輝いて映っているだろうか。

また、心で何かが湧き立っている。

宇宙を学びながら、宇宙を見上げることが少なくなった。純粋な輝きが理論的に分解されて、心の中で像を結ばなくなった。

「やっぱりここから見る星って綺麗なんだよなあ」

祐人はどこか達観しているように見えた。

そんな姿に、私は耐えられない。

「綺麗って、本気なの」

「え?」

気付くと口を開いていた。

「私はこの空が何なのか、よく分からないよ。何で綺麗なの。祐人が何を考えてるか、分かんないんだよ」

祐人は困惑した顔で私を見る。

ごめん、でも、言わないと気が済まない。

「私はね、ずっとこの星空に憧れてたの。この空が綺麗に見えていたのは、私がずっと手を伸ばし続けてきたからなの。でも、今はこの空を眺めても、もう何が輝いていたのか分からなくなっちゃったんだよ」

　川のせせらぎが響く。一台の車が、背後を通り過ぎる。そして、再び沈黙が訪れる。

「祐人はさ、あの時、諦めたよね」

　言ってしまった。

「文理選択で、私に何も言わずに文系にしたよね。別にそれは祐人の選択だから、私にどうこう言う権利はない。でもさ、その祐人が、なんでこの空を綺麗だなんて言えるの。憧れなしに、何で綺麗なんて言うの」

　祐人は何も言わなかった。

「なんで、なんで諦めたの」

「それは……」

　祐人は橋の欄干に弱々しく手を置き、俯いていた。

　私は祐人の腕を摑《つか》んだ。強引に、その腕を空へ伸ばす。

「この手を、どうして伸ばし続けなかったの。どうして下ろしちゃったの。どうして、どうして諦めちゃったの」

　こうやって星を眺めるとき、隣にはいつもみんながいた。祐人がいた。いた、はずなのに。

　気付けば私はひとりぼっちだった。

「祐人は、何でも出来たんだよ……」

私は祐人の腕から手を離し、力なく下ろした。祐人はそのまま、中途半端に左手を上げていた。

悔しかった。ただ、どうにも出来ないことが悔しかった。

「私がどう進めばいいか分からないとき、祐人はまるでお手本みたいに一歩を踏み出してくれてたんだよ。何でも出来た、祐人には、何でも出来た、はずなんだ……」

最後は自分の涙にかき消されてしまった。

祐人は何も言ってくれない。

馬鹿。こんな時に何かを言ってくれるのが、祐人だったじゃないか。

「ごめん」

馬鹿は私だった。みんなどこへ行ってしまったの、何で一緒にいてくれないの、と駄々をこねているだけだった。

「私、行くね」

祐人の顔を見られないまま、私は歩き出す。祐人は私を引き止めてくれなかった。

第二章　夜明け

1

ミンミンと蟬が鳴き、ガンガンと頭が痛む。

気分は最悪だった。今は朝礼中なのだが、担任の大きな声がいちいち頭に響いて辛《つら》い。

俺は半分死んだように、机の上に伏せている。

「それから、河村《かわむら》さんは後で職員室に来るように。はい挨拶――」

起立、礼――、やっと朝礼が終わって担任が去って行った。ああ、助かった。

「直哉、超ダルそうだね」

「……まあね。徹夜したし」

「今日が登校日ってこと、忘れてた？」

「ちげーよ」

話しかけてきた浩一郎《こういちろう》が「ほんとかな」と笑った。こいつは去年もクラスが同じだった友達だ。あっけらかんとした性格の浩一郎とは気楽に付き合いやすく、学校では頻繁に喋る仲だった。

「それにしても、みんな朝から賑やかだよね」

浩一郎が廊下に目をやったので、俺もつられて視線を向けた。

「……本当だな」

窓の辺りに人だかりが出来ていた。外を指差して、何か騒いでいる奴もいる。

何を指差しているのか、それには心当たりがあった。

「まあ、校庭に落書きってのも珍しいか」

「そうだな」

校庭には、大きなWマークが二つ、石灰のラインマーカーで描かれていた。昨晩の内に突如出現したもので、誰が描いたのかと校内で謎を呼んでいる、らしい。

「誰の仕業かなあ」

呑気《のんき》な声を上げる浩一郎に、まさか「俺がやった」と打ち明けるわけにはいかず、無言のまま再び机に伏せた。

昨日は一日暇で、テレビを見たり本を読んだりスマホをいじったり、とにかく散漫に時間を消費していた。何もやる気が起きないままソファーに寝転がっていると、家の電話が鳴った。

正直、ソファーから下りるだけでも億劫《おっくう》なのだが、親は仕事でいないので自分が電話に出ないと音は鳴りやんでくれない。仕方なく立ち上がり、どうせセールスか何かだろう、としぶしぶ受話器を持ち上げた。

「もしもし」

『あ、直哉君。薫だけど』

思わず受話器を置きそうになった。

薫さんは科学館で働く学芸員だ。俺が館長の孫ということもあって、話す機会も多い。俺にとっては数少ない、気安く話せる大人の一人だ。

だが、一つだけ薫さんには厄介なところがある。

「……何ですか」

『ちょっと手伝ってほしいことがあるんだよね』

予想通りの言葉に、俺は沈黙で答えた。

薫さんはしょっちゅう、科学館の手伝いやらなんやらに俺を呼び出すのだった。この前も科学館の資料整理に駆り出されたばかりだ。薫さんの呼び出しは日常茶飯事となっていて、避けられない災害のようなものでもある。

『……いやいや、そんな大変なことじゃないから大丈夫。アイスぐらい奢るよ』

「高校生に労働を強いる大人、嫌いです」

『労働じゃない、ちょっとした暇つぶし。どうせ直哉君、暇でしょ。勉強もしないで、ソファーの上でだらだらしてるんでしょ？』

俺のことを何だと思っているんだ、と抗議したくなるが、確かにその言葉は的を射ている。机の上に放置された問題集に思いを馳《は》せ、苦い気分になった。

『楽しい夏休みを謳歌《おうか》してるんなら、一日ぐらい私の手伝いに来てくれたって罰は当たらないわ』

「この前も資料の整理を手伝ったばかりじゃないですか」

『夏休みは長いでしょ、そんな細かいこと言わない』

今までの経験から、向こうが引いてくれないのは十分承知していた。俺は溜息を一つついて答えた。

「まあ、どうせ暇ですけど」

『やったー。じゃあお願い。今日、っていうか明日の深夜三時に、科学館前ねえ。』

『夜中じゃないと出来ないことなの。出てこられそう？』

正気か？　と思わず心の中で呟く。

「……高校生をそんな時間に外に連れ出そうとするその性根、薫さんおかしいと思いますよ」

『いやいや、深夜って高校生が一番ぴんとしてる時間帯じゃない。適材適所、何にも間違ってないわ』

「いや、でも……」

『お願い、家からこっそり抜け出してきて。直哉君だけが頼りなの』

こちらがうんともすんとも言わない間に電話は切れてしまう。


昼間の迫りくる熱気はないが、依然として気怠い暑さが辺りに逃げ場なく漂っている。

俺は、夜になると親に気付かれないよう慎重に玄関を出て、自転車で科学館へと向かっていた。

とんでもない時間に呼び出されたものだが、約束されてしまった以上、すっぽかすのは気が引けた。こういう小さな罪悪感に弱いのだ。

科学館のある公園に辿り着くと、入口の前で薫さんが手を振っている。

「やっほー」

その声は随分と陽気だったが、普段とは違う気配を感じた。というのも、それは薫さんが眼鏡を掛けていたからだ。いつもの快活な様子とは打って変わって、どこか理知的な雰囲気が漂っている。

「……薫さん、何で眼鏡？　視力悪かったんでしたっけ」

質《たち》の悪い詐欺師みたいですね、という正直な意見をぐっと呑み込む。そんなことを言うと、何が飛んでくるか分からない。

よく見るとその眼鏡は濃い藍色《あいいろ》のフレームで、はっきり言って、薫さんにしては硬派すぎる気がした。

「眼鏡を掛ければ、割と真面目に見えるでしょ」

薫さんは腰に手を当て、「ほら」と自信満々に眼鏡を指差す。

「……なんで真面目を装う必要があるんですか」

「装うって失礼だなあ」と薫さんはぼやいた。「まさかこんな真面目そうな人が悪戯を仕掛けるなんて、誰も思うはずがないからだよ」

「え、悪戯？」

「まあ、いいからいいから」

そう言って薫さんが歩き出してしまうから、俺は慌てて追いかけた。

「待ってください。悪戯って、何する気ですか」

「ちょっと忍び込むだけだから、大丈夫」

「忍び込む……忍び込む？　それって不法侵入じゃないですか！」

それはもうアウトじゃないか。そんなことを自分に手伝わせようとしているのか、と俺は薫さんに一種の戦慄を覚える。

「そんなわけないじゃん。心外だなあ」

「いや、でも今忍び込むって言いましたよね」

そう追及するが、薫さんはいじけるようにそっぽを向いてしまった。こうなると、きっと何も教えてくれないだろう。仕方なく、行き先も分からないまま薫さんの後をついていく。

「薫さん、しょっちゅう悪戯仕掛けてきますよね。この前の、ちびっ子軍団を引き連れて水鉄砲で追い回されたこと、あれ結構恨んでますから」

「あれはいいじゃん。夏なんだし」

「夏だからって人をびしょ濡《ぬ》れにしていいわけないでしょ！」

「まあまあ、駄目なことをするのが悪戯だから」

「悪戯は良くないです」

俺が憤然として言うと、さっきまでケラケラ笑っていた薫さんが静かにこちらを向いた。そして話し始める。

「悪戯ってさ、その後何が起きるか分からないんだ」

声のトーンが大きく変わったことに戸惑い、俺は話の先を待つことしか出来ない。

「逆に言えばさ、何かが起きてほしい、変わってほしいって思うから悪戯を仕掛けるんだよね。好きな人にちょっかいかけるとかも、きっとそういうこと。これって結構強い気持ちなんだ。だから、悪戯って必要なものなんだろうなって昔から思ってるの。信じていると言ってもいいのかもしれない」

いつも笑顔を絶やさない薫さんが、今は真剣な表情をしていた。

「何かが変わるかどうかは、やってみないと分からないんだけどね」

薫さんがにこりと笑った。言葉の真意は分からなかったけど、悪戯を正当化するための詭弁《きべん》なんかではない、ということは分かった。

今日の悪戯は、何かがいつもと違うようだった。

そのまま十五分ぐらい歩いただろうか。薫さんは足を止めた。

「着いたよ」

「……え」

俺は、その見慣れた建物を見て、絶句する。

「……悪戯するって、まさかここに？」

「うん。なんだかワクワクしない？」

暗闇の中、わずかな光を反射する校章が目に入った。そのマークは、俺の高校の制服にも縫われているものだ。

つまりここは、俺が通う高校だった。

俺たちは、高校の裏門前に立っている。いやあ、懐かしいなあ、と薫さんが呟いた。

そういえば薫さんもここが母校だ、などと頷いている場合ではない。

ためらうことなく先へ進んでいく薫さんの肩を掴んで引き止めた。

「ちょ、ちょっと待って！　俺、バレたら停学ものなんだけど」

「大丈夫、バレやしないよ」

俺の不安など意に介さず、薫さんは門の右横にあるフェンスをよじ登り、簡単に飛び越えていく。

「昔は学校遅刻しちゃったとき、ここから入ってったんだよねえ」

どうりでその動作がこなれているように見えるわけだ。俺は学校のセキュリティーに失望しながら、仕方なく後を追って校内に侵入した。

学校を照らすのは周りの道の街灯だけだから、薫さんの姿を見失ってしまいそうになるぐらい辺りは暗い。見慣れているはずのこの校舎も、暗闇の中でぼうっとそびえ立つ姿は自分が知っている光景とまるで違う。自分たちのすることが全て見透かされているようだった。とはいってもまだ何をするか薫さんから聞かされていないのだが。

「良かった。昔と変わってない」

校庭の片隅に向かった薫さんは、体育倉庫の裏側にまとめて置いてある、石灰で線を引くためのラインマーカーを持ち出した。

「悪戯って、何かを描くんですか？」

「そうそう」と薫さんは頷く。「簡単に言えば、暗号みたいなもんかな」

「何の暗号ですか？」

「それは、まだ秘密」

「……ふーん。で、何を手伝えばいいんすか」

「お。積極的だねえ」

「……うっせ」

俺のふてくされた様子に、薫さんが鼻を鳴らした。

こんなことしても大丈夫なのか、と思っていても、いざ学校に侵入してみると、悲しきかな、どこか高揚している自分がいた。

「じゃあ、私が靴で線を描くから、直哉君はそれに沿って石灰で線を引いて」

へいへい、と返事をして、早速作業を始める。が、薫さんが地面に描き出したのは、複雑な文字や絵ではなく、ただのギザギザした線だった。よく分からないまま、その線をなぞるように石灰を引く。結局出来たのは、おおよそ十メートル四方の、大きな二つのWマークだった。

「暗号ってこれだけですか？」

「そう。単純でしょ」

単純というか、あまりにも情報量が少ないんじゃないか。やはり、何の変哲もないダブリューに見える。しいて言えば二つの向きが少しずれているが、あまり意味のあるものとは思えない。

「……これ、どういう意味ですか？」

「どういう意味だと思う？」

俺の質問に質問で返した薫さんは、「ちょっと考えてて、私トイレ行ってくる」と校庭の反対側にあるトイレの方に向かって行ってしまう。

放置された俺は、仕方なくこの暗号のことを考えていた。Wと言えば、西を意味することになる。だが、ここは学校の東側だ。矛盾している。西を探せ、ということなのか。それともダブリュー、ダブル・ユー。あなたが二人、それが二つで四人。だからどうした。何を意味するか、見当が付かない。そもそもなぜこの高校に暗号を描く必要があるのか、そこからして分からない。

「分かった？」

ぶつぶつと考えていると、薫さんが帰ってきた。

「何かが西にあるってことですか？　それとも二人で、もしくは四人で何かをするとかですかね」

「うん、まあまあかな」

「まあまあって。で、答えは？」

「その前に、早くここから脱出しよう。向こうの空が明るくなってきた」

見ると先程まで真っ黒だった空が仄《ほの》かに紫がかっている。またはぐらかされてしまったとむくれるが、早く脱出するに越したことはない。俺たちはラインマーカーをしまい、そそくさと学校を抜け出した。


「一仕事した後のアイスは美味しいねえ」

コンビニで買ったアイスを舐《な》めながら、俺たちは帰り道を歩いていた。もちろん約束通り、薫さんの奢りだ。

「そんなことより、早く今日の目的を教えてください」

「……全く、直哉君は駄目だ」

薫さんが右手に持つチョコ味のアイスバーをこちらに突きつけるから、俺は「うわっ」と体をのけ反らせてしまった。

「……へ？」

「いや、失格だよ。もっと、ちゃんと疑わなきゃ」

薫さんは何故かぷりぷり怒り出した。俺はと言えば、二十過ぎの女性が頬を膨らまして怒っている姿に呆然《ぼうぜん》としている。チョコバーの先から溶けだしたアイスがぽたりと一滴落ちて、薫さんはその手を慌てて引っ込めた。

「与えられた謎は、味わい尽くさないと」薫さんはアイスを一舐めして続ける。「深夜に呼び出された割に君の反応は淡泊すぎる。普通なら、何をする気だよこの女、ってヒステリックに思うもんだよ」

一方的すぎる論理だ。まあ、自分が淡泊だというのはある程度自覚がある。厄介事に突っ込めるほど俺の首は長くない。面倒なのは御免だ。

「ヒステリックに叫びを上げげた方が良かった、と？」

「それは警察が来るからやめてほしいけど」

じゃあ言わなきゃいいのに、と内心で思う。

「とにかく、君は謎を丸呑みしすぎ。だから、なんで私があんなことをしたか、暇な夏休みを使って考えて」

「……理由は秘密なんですね」

「いつか答え合わせしてあげるから、考えてみて。言ったでしょ、暇つぶしって」

「そんな変な暇つぶし、いらないですから」

「私は直哉君の名推理、待ってるからね」

薫さんは俺の話を聞いちゃいないようで、茶目っ気たっぷりにウインクをしてみせた。二十過ぎの女性がウインクをしている姿に、呆然とした。

「あのさ」

アイスもそろそろ食べ終わる頃、薫さんは再び口を開いた。

「今日のこと、黙っておいてほしいんだ」

振り向くと、少し困ったように笑う薫さんと目が合った。

「出来れば、誰にも言わないでほしい」

「言われなくてもそのつもりですよ」

「え?」

「薫さんのあんな真剣な表情、初めて見ましたから」

「え、私いつ、そんな変な顔してた?」

一人で焦っている薫さんを見て、つい笑ってしまった。

多分、あの悪戯には大切な意味があるのだと思う。それは、学校に着く前の薫さんを見ていれば分かった。

「あ、科学館見えてきましたね」

「え? ああ、本当だ」

科学館に戻った頃には、辺りはうっすらと明るくなっていて、もう街灯がなくても、十分周りを見通すことが出来た。

「もう、朝ね」

薫さんが、何かを惜しむように東の空を見上げた。つられて俺も空を眺める。

東の空は、赤紫に滲《にじ》んでいる。上空には薄く雲が掛かり、視線を東から西へと向けるにつれて、空の色は赤から青、濃い藍色、そして黒へと変わっていく。燃えるような赤、光を透かした青、深淵《しんえん》を見せる黒。世界のすべての色を溶かし込むようにして、その空は目の前に広がっていた。

「……この時間の空は、プラネタリウムが終わる時の天球と同じなの。夜の世界が終わって朝の世界が始まる、そんな空」

薫さんが言った。いつもの茶化した雰囲気はどこにもない。眼鏡に紫の光が差していた。

「科学館さ、本当に閉まっちゃうんだよね」

大きな瞳が空を見て、きらきらと揺れている。空の光が、彼女の目からこぼれてしまいそうだと、そう思った。

「……薫さんは、じいちゃんが亡くなって、悲しいですか？」

俺はそう尋ねた。ずっとずっと聞きたかったことだった。

「悲しいというより、寂しい、かな」と、薫さんは少し照れくさそうに言った。「直哉君は？」

「……俺は、悲しい気がするけど、正直まだよく分かりません」

あっけないほど実感がなかった。ただ、色んな空っぽが同時に押し寄せてきたような、そんな気がしている。じいちゃんが死んだあの日から、いつも何かを探していた。欠けた心を埋めるためのもの、いや、欠けた心、そのものを。

「そっか」

じっと、二人で空を眺めていた。

何かが終わって、何かが始まる、そんな空。自分が気付く間もなく、物事は移ろっていくのかもしれない。そんなことを考えた。退屈な夏休みであるのは例年と変わらないけれども、確かにじいちゃんが死んで、科学館が閉館しようとしている。時間は力強く、抗《あらが》いようもなく流れている。

「あっという間に色んなことが変わっていくんですかね」

「……そうね」

薫さんは俺の方を見て、微笑んだ。その微笑みは、薫さんが自分よりも遥《はる》かに大人であることを伝えるのに十分だった。

「きっと、私たちには時間がない。そういうこと」

もしかしたら、薫さんはこの空を見せるために、あんな真夜中に俺を呼び出したのかもしれない。いや、考えすぎだろうか。

私たちには時間がない。その言葉が頭の中をぐるぐると巡っていた。


俺の通う高校は町の外れにあり、辺りには田んぼが広がっている。だから、空を遮るものは何もなく、今日も空の青に田の緑が映えていた。遠くには山の稜線《りようせん》が霞《かす》み、太陽の下で蒼穹《そうきゆう》と溶け合っている。

数時間前の自分が、とても大切な感情を抱えていたのは覚えているが、残念ながら今はその心地からは程遠い状態でいる。

あまりにも眠い。

夏の大掃除ということで、俺は浩一郎と共に教室の窓枠を拭いていた。

「それにしても、あの落書きって何なんだろうな」

浩一郎が話しかけてくるので、欠伸《あくび》を嚙《か》み殺しながら考えてみる。

「……Ｗマーク、だよなあ」

「多分な。なんかの暗号だとは思うけど、それ以上の進展がない」

「よく分かんねえよな」

「まあな。だから、描いた本人に直接聞いた方が早そうだ」

そう言って、浩一郎は意味ありげに俺の方を向いた。

「えっ」と思わず声を上げ、雑巾の動きを止める。

嘘だ。もうバレているのか。浩一郎、お前は何を知っているんだ。冷や汗が流れ、様々な思考が渦を巻く。

「お前、知らないのか?」

そんな俺の焦りに気付くことなく、浩一郎はあっけらかんと答えた。

「このクラスの河村が、前にも学校に忍び込んだことがあるらしい。だからどうせ今回もあいつがやったんだろうって、みんな言ってるぞ」

「へ?」

「おい、どうした」

「河村が落書き?」

いや、それはない。だって、やったのは俺だ。

河村はこのクラスの生徒だ。ただ、彼女ははっきり言ってクラスに馴染んでいなかった。いつも不機嫌そうな顔で誰とも馴れ合おうとしないその姿は、よく言えば凛《りん》としていたが、悪く言えば浮いていた。

「そんな話、聞いたことないぞ」

「お前はいつも噂《うわさばなし》話に疎いからなあ」

それから饒舌《じょうぜつ》になった浩一郎によると、こういう話らしい。

今年の三月、つまり自分たちが高校一年生だった頃、ある事件が起きた。河村がこの学校に忍び込んだのだ。河村本人が朝、教室で先生に見つかって発覚したそうだが、その時河村はカメラを持っていたらしい。目的は誰も知らず、本人が語ることもなかった。そのうち、河村はカメラを仕掛けて教室を盗撮しようとしていたという噂が広がり、本人も否定することがなかったので、どうやらその噂が本当ではないかと疑われていたのだ。

そして今日の落書き事件である。犯人は夜のうちに学校に侵入して落書きを残していったのだから、これも河村がやったんじゃないかと思われている、ということらしい。

「まあ犯人があいつじゃなくても、疑われてるのは事実だな。実際朝礼の後、先生に呼び出されてたし」

そういえば今朝、確かに河村は職員室へと呼び出されていた。

「……ごめん、ちょっと用事思い出した」

「え、おい何だよ」

雑巾を浩一郎に押し付け、俺は職員室へと向かった。

廊下を小走りで進みながら、俺は考える。

河村は濡《ぬ》れ衣《ぎぬ》を着せられている。本当に気の毒なことをしたと思った。だが、ここで俺が自白すると、今度は薫さんに迷惑をかけるかもしれない。つい教室を飛び出してしまったが、ここからどうするかは考えていなかった。

心の整理がつかないまま職員室に着くと、まさに河村が中から出てくるところだった。肩ぐらいまで伸びた黒い髪。長い前髪に時折隠される黒目がちな目からは、何を考えているか読み取れない。いつもの不愛想な表情のまま、河村は職員室のドアを閉めた。

タイミングがあまりにもよかったので驚き硬直していると、河村はカバンの中から何かを取り出す。よく見ると、それはカメラだった。小型だが、ごつごつとした構造の、立派な代物である。

河村がそれを首から掛けようとしたとき、こちらと目が合った。

「あ、あの」

刹那、俺は河村に睨《にら》まれた。教室で浮かべているいつものぶっきらぼうな表情も、今日はより一層不機嫌に見えた。小柄な体と、不条理に怖い気配が全く釣り合っていない。

怖気《おじけ》づきながらも、俺はなんとか言葉を続けた。

「その、どうしても、伝えなければいけないことがありまして……」

河村は何も言わずに俺を見ている。その視線に、どぎまぎせずにはいられない。

「いや、その、ここでは何なんで、どこか別の場所で話してもいいですか？」

「……いいけど」

そっと俺から目を逸らして、河村は言った。

俺が踵《きびす》を返してぎこちなく歩き出すと、その後ろを無言で河村がついてくる。人間は気というものを感じることが出来るのだなあ、としみじみ思った。目で見なくとも分かる凄《すさ》まじい殺気を背中に受けながら、俺は一階の自習室へと向かう。

俺がほっぽり出した大掃除はまだどのクラスでも終わっていないようで、自習室には誰もいなかった。俺たちは、律儀に並んだ机の前、教卓の辺りで向かい合っていた。

「……何？」

半ば睨むようにこちらを見て、河村が話しかけてくる。俺は、腰を九十度に曲げた。

「その、ごめんなさい！」

「……何が？」

「えっと、あの落書きの濡れ衣を着せたことです」

「き、君がやったの……？」

眉をひそめて河村が聞いてくる。俺は覚悟を決めて、落書きの一部始終を話した。知り合いに手伝わされたこと、自分が落書きの理由を知らないことを伝えたが、薫さんの名前は出さなかった。

「だ、大丈夫？　そんな人と関わってて」

絶対にキレられる、と身構えていたが、予想に反して河村は俺のことを心配するような口調で言う。

「あ、いや、その知り合いは、悪い人じゃないはずなんだけどね」

「そ、そうなんだ」

おずおずと顔を上げると、河村は怒っているというよりは、むしろ困惑の表情を濃く浮かべていた。

「その、とにかく、本当にごめんなさい。河村さんが疑われてるのは全くの冤罪《えんざい》だから、後で自分がちゃんと名乗り出るので、許してください。どうかこの通り」

そう言って、もう一度深く頭を下げる。

自分が描いたと名乗り出るのが一番いい手だろう、と思った。嘘を並べれば何とか薫さんの名前は出さなくて済むかなと、半ば諦めながら考えていたそのときだった。

「名乗り、出ないで」

窓の外を見たまま、唐突に河村が言った。

「え」

「黙ってれば、いいから」

強い口調で言う。だが、その言葉はどこかぎこちなく、河村は何故か顔を赤くしている。

「でも、それだと河村さんが」

「私のことは、いいから。交換条件」

「え？」

「……私にも、謎、解かせて」

河村が一歩前に踏み込み、俺との距離を詰めた。思わず息が詰まる。河村の息が当たってしまうのではないかと思うほどに、その距離は近い。睨む、というより、必死の形相だった。顔を紅潮させ、俺のことを食い入るように見てくる。

「わ、分かった、分かったから」

「……お願い」

その迫力に根負けして、俺も必死に頷く。すると河村は詰めた距離をすっと離し、ふう、と息を吐きだした。俺も呼吸を整える。何が、とは言わないが、危ないところだった。

「ケータイ出して」

「え？」

「番号、教えて」

「は、はい」

従順な下僕のように、俺は言われたとおりにスマートフォンを出した。河村が俺に電話を掛け、スマホのバイブレーションが自習室で響いた。

「じゃ、じゃあ、明日の夏期講習で」

何かを言う隙も与えず、河村は荷物をまとめて、さっさと自習室を出ていってしまう。

「え、河村と謎解き、……え？」

え、という声が、誰もいない自習室に虚しく広がっていった。

2

暑さで頭が上手く働かない。

僕は宮田《みやた》と共に外回りに出ていた。町役場からさほど離れていない駅前商店街での打ち合わせが終わり、人気の少ない午前中の商店街を歩いている。

「暑いな」

「暑いっす」

オウム返しのように答えた宮田は、僕の唯一の後輩だ。年も近いから話しやすいだろうという課長の意見で、宮田の教育係として彼と共に仕事をしている。

「それにしても、商店街の人たちの反応良かったですよね」

「……そうだな」

「いやあ、俺もなかなかやると思いませんか」

「まあな」

宮田の自信満々な発言に、何か突っ込みを入れる気にもならない。

こう見えても宮田は真面目な男で、先程の打ち合わせでもそれこそなかなかの活躍を見せていた。課長からの評価も高く、まさに飛ぶ鳥を落とす勢い、落とされるなら痛くない方法で落とされたい。

「先輩、最近覇気がないですよ」

「……そうだな」

「上の空で返事しないでください」

すまんすまん、と笑う。笑ってみるが、自分でも頬が引《ひ》き攣《つ》っていると分かる。

「何かあったんですか？」

「……元カノに自分の悪いところを力説された、とでも言えば分かりやすいかな」

「それ、キツいですね」

「でも、自分が悪いんだ」

そう、逃げ出した自分が悪いのだ。どうして、あの時諦めてしまったのだろうか。何度考えても、僕はこの言葉に行き当たっていた。それでも、思わずにはいられない。ならば、あの時自分はどうすれば良かったのだろうか、と。

もし理奈と共に理系に進んでいたら、と何回も想像した。けれどもそれは、どこかで破綻することになる。どこかで理奈は僕のことを置いていってしまう、そんな未来しか、見えてこなかった。

商店街のアーケードを出ると、夏の厳しい日差しが頭に直接降り注いだ。うんざりするような熱を感じる。

「盆踊りも川祭りも終わって、夏の大仕事はおおかたおしまいですね」

「あと残ってるのは花火大会だな」

「ああ、そうでした。でも、俺らが忙しいのを尻目にカップルがいちゃいちゃするんですよ、どうせ」

「ひねくれてるなあ」

僕はむくれている宮田を見て、笑う。

今週の土曜は、町を流れる一級河川の河原で花火が上がる。町民にとっては昔から続いている思い入れのある祭りだ。昔は僕も理奈、春樹、薫とその祭りに出掛けていた。町のイベントを取り仕切る観光課にとっては、花火大会がこの夏最後の祭りになる。

「やっぱりみんな、盛り上がるんですか？」

宮田はこの町の出身ではないので、花火大会を見るのは初めてらしい。

「僕が子供のときからやっていたから、みんな愛着はあるな。デートの定番イベントだし」

「じゃあ先輩も彼女といちゃいちゃしてたんですね……」

「まあ、な」

羨ましそうにこちらを見る宮田に、苦笑いする。


今でも、中学三年生のときの花火大会ははっきりと覚えている。あの日の夜から、僕と理奈は付き合い始めたのだった。

その年も、花火大会はいつもの四人で行こうと決めていた。

夜を待ち焦がれていた僕に、きっかけの電話は掛かって来た。

『自転車のタイヤ、駄目になっちゃった。私、花火大会、行けない』

受話器の向こうで、ぐずった声の理奈が言った。まだ日は高く、花火大会まで時間があった。話を聞くと、花火大会という肝心な日に、自転車がパンクしてしまったらしい。

しばらく返事に窮した。そして、僕は口を開いた。

「じゃあ、僕が乗っけてく」

その声は上擦っていたのかもしれない。今まで生きてきた中で一番勇気のいる瞬間だったのだ。

理奈は驚いたのか、電話口からは何も聞こえてこない。

「その、ほら、理奈なら軽そうだし」

僕は恥ずかしくなって、そうやって言い訳のように付け加えると、

『……何それ、チビってこと？』

と、またぐずった声が聞こえた。でも、その声はさっきよりも少し明るくて、僕はとにかく安心したのだった。

結局、僕は理奈を自転車の後ろに乗せて花火大会に行くことになった。僕ら四人の集合場所は、川沿いの小さな山にある神社だった。河原には屋台が出る広場があるが、僕らは人があまりいない穴場の神社から花火を見るのが好きだった。

夕暮れ時に家を出て、理奈を彼女の家の前で拾ってから神社に向かった。理奈の家からはほとんど一直線だが、なだらかな上り坂が続いている。僕らを乗せた自転車は、なかなか進んでくれない。

「祐人、宿題終わった？」

「人がこうやって頑張って自転車漕《こ》いでるときに、さらに落ち込むこと言わないでくれない」

僕はむくれながら答える。こっちは、宿題に費やすことも出来るエネルギーを、自転車の推進力に変えている真っ最中なのだ。

「いや、心配してあげてるんだって」

理奈は足をぶらぶらさせて、赤く燃える夕空を眺めている。この前、科学館で宿題にけりをつけた理奈にとって、そんな話題はすでに他人事のようだ。

「それにしても、何で宿題もっと早くやらないの？」

「うーん、何でかなあ。気が付いたら、切羽詰まってるんだよね」

「変なの」

他愛のない話をしながら静かに坂を上っていく。夜が近づく気配を肌で感じながら、僕は少し前のめりになって自転車を漕ぐ。

坂を上り終えると、視界が一気に橙の光で包まれた。一瞬何も見えなくなる。ちらりと後ろを覗くと、理奈の漆黒の髪が、夕日を受けて燦然《さんぜん》と光っていた。彼女の瞳の奥に、燃えるような太陽が映り込んでいる。彼女のうっすらと開いた口から、言葉にならない声が漏れていた。

何か見てはいけないものを見た気分だった。

この夕日は、自分たちを置いて行ってしまうのではないか。僕らはこの時間に取り残され、延々とこの坂を上り続けるんじゃないか。そう思った。

本能的に目を背ける。光を纏った理奈の姿は、それぐらい綺麗だった。

「ありがと。乗せてくれて」

理奈の声が背中越しに聞こえた。

「……それ程のことでもないって」

夕日に照らされて、逃げ場がないような気分になった。

「祐人は、すごいよ」

「すごくないよ」

「いや、すごいよ。すごいんだよ」

僕が語気の強さに驚いて後ろを振り向くと、すぐに理奈と目が合った。たっぷりと光を湛《たた》えた理奈の目は、何故か、涙が零れそうに見えた。

慌てて前に向き直り、僕は「すごくなんてない」と答える。

「そんなことない。今日だって私が急に泣きついても、祐人はすぐに助けてくれた」

別に、理奈にならそのぐらいする。なんてことは言えずに、返事もせず自転車を漕ぐ。

「小学校の時、私を初めて科学館に連れて行ってくれたのも、祐人だった」

「それは、多分誘える友達が理奈ぐらいしかいなかったから」

「夏の大三角を教えてくれたのも、祐人」

「ただの、本の受け売りだって」

「そういうことじゃないの」

それなら一体どういうことなんだ。そう聞こうとしたが、先程の理奈の表情を思い出して何も言えなくなる。

「祐人は、勇気があるよね」

「……そんなこと、初めて言われた」

「みんな気付いてないだけだよ。そういう思い切ったことを出来るのが祐人なんだよ」

そうなのだろうか、自分ではよく分からない。分からないから何も言葉を返せなくて、
何だか悔しくて、歯噛みした。

「きっと、祐人は何でも出来るよ」

諦めたような口調だった。どうして、そんな寂しい声で言うんだ。僕はもう一回後ろを振り向いた。目は、合わなかった。


「……先輩？」

「え？」

宮田が怪訝《けげん》そうな顔でこちらを見ていた。ふと我に返る。

「この炎天下で、突然立ち止まらないでくださいよ」

「すまんすまん」

僕は頭を掻く。薫に、みんなで花火に行こうと誘われていたのを思い出した。町役場の仕事があるので断ったが、心のどこかで、理奈と顔を合わせずに済んだことに安堵し

ている自分がいた。

今の僕は理奈と会う勇気すら持ち合わせていなかった。

3

春樹の部屋の窓から眺めた空には、雲一つ掛かっていない。このまま晴れてくれれば、夜の花火もきっと綺麗に見えるんだろう。

今日は花火大会当日だった。みんなで花火を見に行くのは久しぶりだったが、そこに祐人がいないのは初めてだった。祐人がいなくても花火は綺麗なのかな、なんてことを思った。

隣には薫が座り、退屈そうに麦茶を飲んでいる。

「早く夜にならないかなあ。花火、カミングスーンだよ本当に」

「そんなに待ちきれない？」

「そりゃそうよ。だってお祭りなんだから」

まるで昔と変わらない薫に、私は思わず笑ってしまった。

八月下旬の土曜日、夏の終わりも近づいてきたが、宿題に追われる必要はもうない。

まだまだ暑さは衰える気配を見せず、春樹の電気屋の店先では展示品の扇風機が涼しげに回っていた。

「春樹も楽しみでしょ、花火」

「今集中してるから後で」

「つれないなあ」

構ってもらえない薫が口を尖らせた。

私たちがお喋りに興じている間、春樹は回転椅子に腰掛け、渋い顔をしながら書類に目を通している。それは科学館で見つかった館長のファイルだ。せっかくなので、花火大会の前に春樹にも見せてみようという話になったのだ。

「花火の音ってさ、やたらと耳に残るよね」薫は楽しそうに話している。「花火を見終わった後の帰り道ってさ、どんっ、って音がまだ聞こえてくるような気がするんだよ」

「そうかも」

薫が相変わらず喋っている中、私は花火大会の帰り道のことを思い出していた。もちろん、思い出すのは中学三年生のあの日だ。


どんっ。

私の耳にはまだ花火の弾ける音が残っている。

薫と春樹と別れ、私は行きと同じように、祐人の自転車の後ろに乗っていた。少しお尻が痛いけど、祐人の腰に摑まっているとそんなこともあまり気にならなかった。

静かな夜だった。会場だった河原から少し離れると、祭りの喧騒《けんそう》は影を潜め、心地よい夜風が肌を撫《な》でた。

ゆったりと時間は進む。このまま祐人と自転車に乗っていたい、そう思った。

「……今年の祭りも終わっちゃったな」

「残るは宿題だけ、か」

前で祐人が項垂れた。思わぬ精神攻撃を加えてしまったらしい。

「その、今日自転車乗せてくれたし、宿題手伝うよ」

「いや、いいよ。自分でやるし」

「……そう言うと思った。ほんと変なところ真面目だよね」

「じゃあ聞くなよ」

祐人が振り向いて笑った。その顔には、あまりにも邪気がない。その屈託のない笑顔が、私には到底出来なさそうな笑顔が眩しすぎて、思い切り祐人の背中にデコピンを喰《く》らわせた。

「痛っ！」祐人の背中が反った。「一体なんだよ」

「デコピンって、おでこにやらなくてもデコピンって呼んでいいのかな」

祐人を一瞥《いちべつ》すらせず、私は夜の街並みを眺める。

心のどこかがちりちりと痛んだ。

例えば、宿題を溜め込むところ。祐人のそういうところさえも、心のどこかで羨ましいと思ってしまう自分がいた。

私は未来のことばかり考えてしまう性分だった。宿題を放置することすら怖くて出来なかった。先のことが不安で、その想像に押しつぶされるような感覚をずっと抱えている。

祐人は後先を考えずに、今だけを見ている奴だった。果てしなく想像を広げ、それを現実に変えていく、そういうことが出来る人間なんだと思った。

私は祐人と正反対だ。先の見えない将来を思わずにはいられない。そんな未来が、恐ろしい。

住宅街を進む私たちは、私の家まであと半分ぐらいのところにいた。それにどんな意味があるかもよく分からない点滅信号が、ちかちかと光っている。下り坂を自転車は進む。

「祐人、思いっきり自転車漕いでよ」

「え、下り坂なのに？」

「うん、下り坂なのに」

塞ぎこんだ心を吹き飛ばしたかった。こんなことを考えてしまう自分が、さっきの花火みたく消えてしまえばいいと思った。

「……分かった」

祐人は何も聞かなかった。もう、何もかも分かっているのだろうか。恋心と嫉妬と色々なもので出来たこの思いを、祐人は私以上に知っているのかもしれない。

祐人の体が少しだけ前のめりになった。風を切って坂を下る。ごうごうと耳が空気で揺さぶられる。

いつだって祐人は私の願いを聞いてくれる。私を引っ張ってくれる。そっと前に体を寄せた。その背中は温かかった。祐人は、優しくて、温かいのだ。

それは突然だった。


「うわっ」

ききーっ、きききき。

ライトが私たちの姿を照らした。私の体が、ロマンチックの欠片《かけら》もなくぐっと祐人に押し付けられる。自転車のブレーキが盛大に軋《きし》み、住宅街の静寂を掻き切った。

私は慌てて顔を起こし、周りを見る。どうやら右方向から来たバイクと鉢合わせする寸前だったようだ。危うくぶつかるところだったが、どちらも何とか止まって、事なきを得た。バイクの運転手も相当驚いたようで、こちらを見て、頭を下げて去っていく。

「……危なかった」

祐人が絞り出すように言った。私はただ呆然としている。自転車は止まったまま、再び静寂が辺りを覆った。二人のリズムがずれて、どこかぎこちない空気が流れる。

「ごめん、変なこと頼んで」

「何でもなかったし、いいよ」

「本当、ごめん」

「別に謝るようなことじゃないって」

祐人は再び自転車を漕ぎだす。今度は、ゆっくりと。私は祐人の背中すら見ることが出来ずに、仕方なく星空を眺めていた。

今日も夏の大三角が空に昇っている。天頂に光るのはこと座のベガ、その東側にはくちょう座のデネブ、わし座のアルタイルが青白く輝く。一等星ばかりに目が行くけど、目を凝らせば、二等星、三等星、今日は空気が澄んでいるから、四等星まで見えるかもしれない。

今見えている星は、当たり前だけれど、花火の時には見えなかったのだ。何万光年も離れた場所から届いているその光は、力強くも弱々しくも思える。

「理奈だって、大丈夫」

「え?」

まるで星みたいだ。大きくなくても、ちゃんとそこにある。祐人の声は、そんな声だった。

「花火の間、ずっと考えてたんだ。さっきバイクにぶつかりかけて、ようやく纏まった」

私はじっと祐人の背中を見た。祐人は振り返ることなく、訥々《とつとつ》と言葉を継ぐ。

「たとえ今は何も出来なくて地団駄を踏んでいても、確かに何かは変わっていくから。焦らなくても大丈夫、だと思う。僕は、自分のことよく分かってないけれど、それは理奈も同じだよ。僕が何でも出来るなら、理奈だって何でも出来る、絶対」

『何でも出来る』

自分が本当に何でも出来るとは思えない。でも、それでも、私はその言葉を信じたい。だって、祐人がそう言ってくれたのだから。祐人の背中に顔を埋《うず》める。祐人の筋肉が強《こわ》張《ば》るのが分かった。

「ありがとう」

「うん」

祐人はそんな返事しかしなかったが、私を拒むこともなかった。そのまま、体を密着させる。今、言いたい。今じゃないと駄目だ、そう思った。

「……そうやって、真っすぐに話してくれるところ、好き、だよ」

祐人は黙ったままだったが、やがて少し笑って言った。

「そうやって、真っすぐに悩んでる理奈のことも、好き」


「……理奈？」

「え？」

薫が私の顔を覗き込んでいる。

私はがばりと体を後ろに向け、薫と春樹から顔を背けた。

「何思い出してたの？　花火の夜に、顔を背けるほど恥ずかしいことがあったの？

……それってまさか」

「キスだな」

「してない！」

私は必死に否定するが、薫と春樹は意味ありげな笑みを浮かべて、こちらを見る。

「違うから！　……違うから！　てか春樹はそっち読むのに集中してよ！　もう、薫のことも嫌い！」

「そんなひどいこと言わないでよお」

「あーもう暑い！」

抱きついてきた薫の頭を向こうへと押し返した。

「そんなことより、最後まで読めたわけ?」

私は麦茶をがぶがぶ飲み、薫の体温と、自分の恥ずかしさで火照《ほて》った体を冷やしながら尋ねる。

「うーん、もうちょい待って」

先ほどは興味津々に私の方を見ていた春樹だが、再び涼しい顔をして文面に目を落としている。少し腹立たしい。

「そういえばさ」薫が呟いた。「これ、人工衛星の話が書いてあるんだよね?」

「うん、太陽の観測用のやつ」

「なんで館長が衛星の論文なんかを持ってたんだろう」

薫は不思議そうに首を傾げる。そう、そこが謎なのである。

この論文を改めて読んで、分かったことがいくつかあった。まず、館長のことだからきっとプラネタリウムに関連していると思われたこの文章は、いざ蓋を開けてみると、日本の太陽観測衛星に関するものだったのだ。そこに書いてあったのは人工衛星の推進方法やその軌道についての説明らしい。天文学というよりも力学というべき内容が続き、あるページには渦巻のような矢印が描かれた図などもあった。

また、最後の二ページ、印刷された式とおそらくは館長の手書きと思われる式は、どうやら衛星の運動に関係しているようだった。だが、式の詳しい意味は私にも分からない。

私はとりあえず、薫に聞いてみる。

「館長、趣味で調べてた、とか？」

「いや、そんな話聞いたことないよ」

「薫が言うんだからそれは間違いないだろうねえ」

薫とあれこれ憶測を並べていると、春樹が大きな伸びをした。

「読み切れた？」

薫が尋ねた。

「うん、ざっとだけど」

「これがどの衛星のことなのか、とか分かる？」

私が続けて聞くと、

「いや、さっぱり。文は読めたけど、推進方法とか、構造とか、専門的過ぎて全く分からない」

そう言って春樹が立ち上がり、本棚の前で何かを探し始める。

「相変わらずすごいねえ」

薫がその蔵書に改めて声を上げた。

春樹の部屋の壁一面はすべて本棚になっていた。そこには宇宙関連の本が何冊も収まっている。よく見ると、英語やロシア語の本まで並んでいるから驚きだ。

春樹も御多分に漏れず宇宙が大好きだから、昔からこの部屋はこんな感じだった。昔と変わったことと言えば、本棚が遂に埋まり、棚の外にまで本が積まれていることぐらいだ。

「さすがは春樹だねえ」

「趣味だからほっとけ」

春樹はそう言って、私たちの前に一冊の本を広げた。どうやら、日本の人工衛星についてまとめられているページのようだ。

「もう少し情報があれば分かりそうなんだが……」

「今度ばかりはお手上げかなあ」

半ば諦めたように薫が腕を伸ばした。その手が望遠鏡の脚に当たり、カタリと音を立てる。「おっと」と慌てて薫が手を引っ込めた。

「気を付けて。それ三十万ぐらいするから」

「さん……じゅう……まん……」

薫は少し青ざめ、三十万の重みを確かめるようにその望遠鏡の脚を撫で、ひー、と苦い顔をしてみせた。

「これ、そんないいものなんだ」

そんな薫を尻目に、私は尋ねる。

「うん。星団とかもくっきり」

春樹の言葉に、え、と薫が目を輝かせた。

「本当？　見たい見たい」

「今は昼だから無理だけど」

春樹は立ち上がり、本棚から一冊のフォトブックを取り出した。中には星々の写真が入っている。青や紫の帯になって、ガスが輝いている姿も分かる。肉眼では絶対に見られない光景だ。

「うわあ」

薫が言葉にならない感嘆を漏らしている。

でも私は、どこか冷静にその写真を眺めていた。

昔は、星の光にはいろいろな感情が込められていたはずだった。科学館からみんなで見上げたいつもの空、花火大会の夜に見えた空、橋の上で祐人と見た空、同じ空でも、全く別物に見えた。でも今は、どれも同じに見える。ただの光の強弱、スペクトルの違い、そういう類《たぐい》のものが淡々と目に流れ込んでいる。

「まあ、大体こんな感じに見える。あんまり撮るの得意じゃないから、実際よりは劣るけどね」

「いやいや、全然すごいって。やっぱ科学館のものより性能いいよ、これ」

　薫はペラペラとページをめくっていく。

　あまり冷めていても仕方ないので、私も横からフォトブックを覗いていると、同じ構図で写っている写真が何枚かあることに気付いた。ただ、周りの星の位置は同じだが、真ん中のひときわ目立つ星の明るさが写真によって違う。私には、なぜか見覚えがあるように感じられた。

「この星って何？」

「カシオペヤ座ガンマ星」

　春樹がすぐに答えると、

「あ、それってツィー星だよね？」

　薫が春樹を指差して、笑う。

「うん。肉眼でも観測出来る変光星」

「宇宙の『ナビ』、だっけ」

「あ、あの星」

『ナビ』と聞いて私は朧《おぼろ》げに思い出す。

科学館では数か月に一度、天体観測会が開かれていた。科学館にある天体望遠鏡を使って、科学館横のグラウンドから星を見るのだ。この日に限っては特別に公園の照明が消される。だから星空がはっきりと観測出来た。

『ナビ』の話を聞いたのは、確か中学生のときだった。

暗闇の中、グラウンドの端の芝生に座ってだらだら喋りつつ時間を潰していると、望遠鏡をいじっていた館長が顔を上げて「準備出来たぞ」と私たちを呼んだ。

私たちは館長のもとへ駆け寄る。薫が待ちきれない様子で「見せて見せて」とねだるから、四人の中で最初に望遠鏡を覗くのはいつも薫だった。

「うわあ」

薫の口から声が漏れる。

「理奈、覗いて！」

薫はすぐに私を呼ぶ。だから、いつも二番目は私だった。

黒、だけではない暗闇。霞むのは虹のような色彩。いたずらに散らばった無数の星々。地球の上を探してもどこにもない世界がそこにはある。

やっぱり綺麗だね、と薫と共に興奮している間に、祐人と春樹も望遠鏡を覗いていった。

春樹が「この真ん中の星は何？」と尋ねた。

「真ん中ってどれ？」

私がそう聞き返すと、

「あれあれ」

春樹が望遠鏡を覗き込んだまま、闇雲に指を差す。

その指は望遠鏡の横に立つ館長を差しているのだが、指先が見えていない春樹はそのことに気付いていない。

館長がわざとらしく大きな咳《せき》ばらいをすると、春樹は望遠鏡から顔を上げた。しばらくして、神妙な面持ちで人差し指を引っ込める。

「……それは真ん中に映っていた星のことか？」

「ああ……うん」

微妙な沈黙の後、館長は話し出した。

「それはカシオペヤ座のガンマ星、通称Naviだ。カシオペヤ座を成す五つの星のちょうど真ん中にある」

そう言って館長は星空を指差した。多分あの星、北の低い位置にある星だと私も見当をつける。

「あの星はアメリカのアポロ計画の前身、ジェミニ計画で計器の測定の基準に使われたんだ。まさに宇宙の『ナビ』となった訳だ」

「ナビって、ナビゲーションとかそういう意味のナビ？」

私は尋ねた。

「いや、違う。その計画での船長が、ガス・グリソムという人だったんだが、その時は、まだあのガンマ星には名前が付いていなかった。そこで彼のミドルネームだったIvanを逆から読んだNaviという固有名が付けられた。偶然なのか、気を利かせたネーミングなのかは分からないけどな」

「ガス・グリソムなんて人、聞いたことないよ。アームストロング船長、だっけ？　それしか知らない」

薫が退屈そうに言う。

「まあ、それも仕方がないな」と館長が笑った。「ガス・グリソムは月に行く前に亡くなってしまったんだ」

「えっ」

私は思わず声を上げてしまった。

「訓練中の事故だった。科学の発展には犠牲がつきもので、それがたまたま彼に当たってしまったというわけだ」

しばらく一同は黙った。犠牲という言葉の重みをどう扱っていいのか分からなかった。願っていても、夢の切符を掴んだとしても、それが簡単に潰《つい》えることもある。私には、それがどうにも不条理に思えた。ひどいことをするもんだと、神とか、そういう存在を恨んだ。もし自分がそんな一人になったらと考えれば嫌になるし、やりきれない。うろたえる私たちを見て、館長は言った。

「死ぬまではいかなくても、どうにもならない理由で何かを諦めなきゃいけないときだってある。このことは、ほんの少しだけ覚えておいてほしい」

私は少しいじけていた。でも、こういうことを受け入れられたら、それが大人に近づくということなんだろうと思った。

「君たちはガス・グリソムよりアームストロングになるべきだ」

館長が冗談めかして言った。

「じゃあさ、この『ナビ』は、ガス・グリソムの勲章だよ。ちゃんとこうやってあの星を見てる人がいるんだから、きっとそのグリソムさんも報われるって」

祐人はナビを眺めて言う。

「勲章か。そりゃいいや」

「空を見上げるたびに気恥ずかしくなりそうだ」と気乗りしない不愛想な声で春樹が言うが、それでも春樹もナビを見上げている。

また祐人に救われた。そんな気がした。

「そっか、そういえばやったね、観測会」

「あの、館長がやたらと饒舌になる夜か」

春樹が渋い顔をすると、

「いやいや、館長はいつでも雄弁、絶好調だったよ」と薫が訂正する。

「そういや、そうだった」と春樹もその面持ちを変えずに頷いた。

館長はいつも語っていた。星のこと、宇宙のこと、誰かのこと。館長はくだらないことばかり言うと私たちは笑うけど、その中には館長が本当に伝えたい大切なことがたくさんあったのも、ちゃんと分かっていた。

「面白い人だったよね」

私は呟く。

「ただの偏屈なおっさんだ」

春樹はそう言うが、

「でも、春樹もいつの間にか偏屈なおっさんになりかけてるよ」

薫の鋭い指摘に「えっ」と声を上げる。春樹の顔が青ざめている。

「俺を何だと思ってるんだ。俺は理路整然とだな……」

不服そうに抗議を申し立てる春樹がもはやうるさいのだ。自覚はないのだろうか、と呆れる。

「春樹と館長が、計算ミスを糾弾するときとかは、本当にうんざりだった」

薫は心底嫌そうな表情を浮かべた。私も過去を思い出す。

中学生の頃、私たちは科学館でテストの答案をお互いに見せ合っていた。そんなとき私が計算ミスを嘆いていると、「計算ミスはいけない。この世で最も愚かなことと言えば、数学の計算ミスだ」と春樹が右から、「人生はいつも劇的だ。計算ミス一つでさえ劇的に人生を変えてしまうこともある」と館長が左から騒ぎ立てるのだ。そのうち、計算ミスは法律で取り締まるべきなどと口走りそうな勢いである。

「ああ、あれはうるさかった。お陰で私もすっかりミス恐怖症だよ、本当に」

そういえば、細山先生もミスがどうのこうのと言っていたし、何だか私の周りの人たちはミスに過敏な人が多いようだ。

「あの頃はそうやってしょうもないことでギャーギャー騒いでいたね」

薫が苦笑いを浮かべた。

「一応、図書棟だったけど」私は付け足す。「小声でいっつも言い争ってた」

「でも、意外と楽しかったよね」

「くだらないけど、退屈しなかった」

「……けれど、もう過去の話なんだな」

少し黙っていた春樹が、座っている椅子にもたれて言った。それから、私たちは黙った。

　そうだ、もう過去の話だ。

　館長が亡くなって早くもひと月が過ぎようとしている。静かに、そして着実に科学館は閉館の準備を進めていた。私も手伝いながら、多少なりともその速度を実感する。

「館長、幸せだったかな」

　私は呟き、窓から外を眺める。ベランダ越しには澄んだ青空が広がっている。

「少なくとも、一緒にいて私は幸せだった」

　薫が言う。

「俺もだ」

「……だよね」

　三人で顔を見合わせて、少しだけ笑った。

「ただ」春樹が続けた。「ユーモアは幸せな時には生まれない」

「……どういう意味？」

　私は、眉をひそめて春樹を見る。

「館長は幸せじゃなかった？」

　薫も首を傾げた。

「いや、そういうわけじゃない。そういうわけじゃないんだけど、それでも常に何かと戦っていた気がする。完全な幸せでは、決してなかった。俺はそう思う。だって、もし本当に満ち足りているなら、人はあそこまで雄弁にはなれないから。計り知れない何かを抱えていたって考える方が、腑《ふ》に落ちる」

その感覚には妙に頷けた。館長の言葉は軽快だったが、時折それと同時に目を瞑《つむ》るべき何かを覗き込んでいる心地がしたのだ。

春樹は顎に手を置いて語る。

「計算ミスのときも、俺以上に館長はしつこかったな、とか。たまにずれた気持ち悪さがあった」

そうだっただろうか、計算ミスのときのことを思い出そうとする。

が、そのとき漠然と広げたイメージに何かを感じた。計算ミス、数学、訂正、バツ。訂正前と、訂正後。そこには、二つの数式があるはずだ。頭の歯車が高速で回転し始める。自分の悪癖が、こういうときだけは役に立つ。

「あ」

分かった。

「理奈、どうしたの？」

薫が怪訝な顔で聞いてくる。春樹も驚いて椅子をこちらに向けた。

「計算ミスだよ、計算ミス！」

春樹の手元にあったファイルを奪い取って、最後の二ページを開く。

一つのページには印刷された式が、もう一つのページには手書きの式が書かれている。二つの式を見比べると、大体同じ構成で計算が進んでいるのが分かる。しかし、館長の手書きと思われる方には印刷された式が一部書き写され、そしてその上に鉛筆で濃い黒のバツが打たれていた。

「この手書きの式が、印刷された式を訂正したものなんだよ」

しばらく私たちはじっと式を見つめていた。

「じゃあ、じゃあさ、この印刷されてる式は間違っていたってこと？」

薫は不穏な面持ちで、すがるようにこちらを見る。

「多分、そういうことだと思う」

「それなら、この人工衛星の計算に何か問題があった、そういうこと？」

「そう、なるかも」

私は頷いた。すると、どうなる？

「……理奈、これ、衛星の推進方法の式じゃないか、とか言ってたよな？」

春樹が深刻な顔で言った。

「うん。衛星の運動を表した式だとは思うけど……あ」

とそこで、春樹が何を言わんとしているかが分かった。

「つまり、この衛星の運動に、計算の時点で何らかの不具合があった。そして、その状態で衛星を飛ばしたら……」

「運用出来なくなる……ってこと?」

薫が声を上げる。

「歴代の太陽観測衛星で、日本が失敗したものはこれしかない」

そう言って春樹が指差したのは、先程開いた本に載っていた太陽観測衛星『よあけ』の打ち上げ写真だった。そのページを目で追っていく。

『……打ち上げられた「よあけ」だったが、地球とのスイングバイで予定の推進力を得ることが出来ず、観測計画が大幅に遅れる。同様のスイングバイを三回繰り返した後に太陽へと向かうが、予定外の計画延長によってエンジンが故障、運用を断念……』

これだ。

「何で、こんなものを館長が持っていたの」

薫の声は、少しだけ震えている。

スイングバイ。天体の重力を利用して、人工衛星などの軌道や速度を制御する技術だ。そんなものに、あの館長が関わっていた?

この二ページ目の手書きの式は、館長が計算したものなのだろう。なぜ、館長がこんな計算をここに残してあるのか。そもそも、館長は一体何者なのか。

少なくとも、このファイルはただの謎解きなんかではなかった。何か隠されているものがある。手書きの式に打たれたバツ印が、紙の上で沈鬱を湛えていた。

第三章　花　火

1

長い夏休みも気付けば残りは一週間とちょっとぐらい。休みを満喫していたかったが、俺は学校にいた。夏期講習を受けに来ていたのだ。土曜日だというのに、授業である。

今日は世界史の授業で、教室の席の半分ぐらいが埋まっている。夏期講習はあくまでも自由参加だから、講習に出なくても成績に問題がない生徒や、成績が悪すぎてもはや問題しかない強者《つわもの》は教室にいない。そこまで頑張る気はないけど、落ちこぼれるわけにもいかないので来てみました、そういう面々が顔を揃えていた。

もちろん俺だって可もなく不可もない群衆の一人である。

授業は単調に進んでいく。年のいった先生の抑揚のない声が眠気を誘い、気を緩めると机に突っ伏してしまいそうだ。

「おい、起きろ」

「……ん」

「講習終わったぞ」

どうやら案の定眠っていたようだ。プリントに涎《よだれ》は……垂れていない、良かった。

「……お前、来てたのか」

霞んだ目をこすりながら言う。

「まあ、暇だったし」と浩一郎。

「暇なら家にいればいいじゃないか」

「まあ、別に俺、成績悪くないし、家で寝ててもよかったんだけど」

ずいぶんと嫌味なことを浩一郎が言ってのける。こいつの頭がいいのは事実だからどうしようもない。

「じゃあお前、なんで学校来たんだよ」

「ちょっと聞き捨てならない噂を耳にしたからな」

そう言って、ぐっと距離を詰め、机から顔を上げた俺を覗き込んでくる。

「お前、河村と付き合ってるってマジか」

「あ?」驚きのあまり口から間抜けな声が漏れた。「いやいや、ないないないない」

「でもお前と河村が妙に馴れ合ってるって噂、聞いたぞ」

「まあ、間違ってはいないけどさ……」

ここ二、三日、夏期講習が終わったあとは河村と行動していた。とは言っても、あのWマークの謎を解き明かすためである。そもそも俺は河村とほぼ関わりがなく（というかクラスに河村と関わりのある人間の心当たりがまずない）、一方的に連れ回されていただけだ。

「とにかく、あの落書きがあった直後なのに、どうして河村と仲良くなってるんだ」

「まず、河村が落書きをしたわけじゃない」

「そうなのか？」

「そうだ。そしてその後、紆余曲折《うよきよくせつ》があって、河村と犯人探しをすることになった」

「……なんだ、デートじゃないのか」

どうやらそれ以上の興味はないらしい。詮索されずに済んだのでほっと胸を撫で下ろした。

「でもお前、気を付けろよ」

「何が？」

「お前ら、田上《たがみ》のグループの間でも軽く噂になってるらしいから」

浩一郎は小声で警戒するように言い、後ろにちらりと目をやる。

田上とはこのクラスの田上亜希子《あきこ》のことだ。教室でグループを形成する厄介な女である、と浩一郎は言っている。どうやらこの学校にもカーストというものが形成されているらしい。らしい、というのは、俺には興味がまるでなく、その手の話に全く疎いためである。

田上は今日来ていないが、それでもその取り巻きはまだ何人か残っていて、教室の後ろでお喋りに興じていた。

「それ、まずいのか？」

浩一郎につられて、俺も声を抑えて話す。

「あまり良くないな。河村も田上のシンパにきつく当たられてたらしい」

「具体的には？」

「例の、盗撮したっていう噂を広めたのは奴らだ」

「盗撮……河村がそんなことをするとはとても思えないんだけどなあ」

「まあ、お前もそこらへん上手くバランス取れよ」

「へいへい」

「俺はお前のためを思って言ってるんだからな」

そんな会話をしていると、

バンッ。

と教室の前の扉が勢いよく開いた。ビクッとして扉の方に目をやると、そこには小柄な女子がひとり突っ立っている。首には、小型のカメラが提げられている。

河村だ。

目が合う。不機嫌な様子はいつもと変わらない。河村も講習に来ていたが、もうすでにこの教室を出ていたはずだった。河村は俺のことをたっぷり三秒は睨むと、一言も発さずにそこから立ち去ろうとした。

「そのカメラで教室を盗撮したの？」

教室の後ろの方から、女子の声が聞こえた。続いて、笑い声が上がる。耳に粘つく、そんな声だった。

河村はピクッと動きを止め、そして何もなかったように扉を閉める。

「あいつ、マジで変だよね」

後ろを見ると、田上の取り巻きたちが、閉められた扉を見て笑っている。

俺は荷物を纏めて足早に教室を出た。浩一郎に「おい」と呼び掛けられたが、何か言葉を返す気にもなれない。田上の取り巻きたちに視線を向けられた気がしたが、あまり気にしなかった。

階段を下りて、下駄箱で靴を履き替える。その先にあるレンガの段差に、河村が腰掛けていた。

「……来たんだ」

河村が俺の気配に気付いたのか、こちらを振り向いた。その声はどこか元気がないように聞こえる。いつもの不愛想な顔も、何だかしょげているみたいだった。

「まあ、来ないと睨まれるしね」

「何それ」

案の定鋭く睨まれたが、しょげている河村はなかなか立ち上がろうとしない。

「いつも通りで良かった」

「どこが？」

「その、刺々《とげとげ》しい目つきとか」

感想をそのままに伝えると、しばらく黙ったかと思えば、拳を握り、俺の太ももの裏を殴ってきた。

「痛っ！　あ、これめっちゃ痛い！」

「でしょ。早く行こ」

「あ、待って」

まあ、元気がないよりは鋭く尖っていてくれたほうが安心か、と内心で思いながら、痛みを我慢して河村を追いかける。

　俺たちは町の中心へ向かって歩いていた。このまま歩けば科学館へ着く。そういえばこの前も結局科学館でだれていたなあと思い返す。脳を働かせるのに、夏の外気はいささか暑すぎるのだ。

　河村は歩きながら、首に提げたカメラを弄《いじ》っていた。時折ファインダーを覗き込み、陽炎で揺れる町の姿を撮っている。

「いつもそのカメラ提げてるよな」

「証拠写真、撮るから」

「でも、今撮ってる写真はきっと関係ない」

「うるさい」

　河村は俺を完全に無視し、カメラと景色との距離を調節している。もう、河村は自分の世界を切り取るのに必死だった。

「やっぱり写真、好きなんだ」

「……趣味。悪い？」

「いや、悪くない悪くない」

　やはり睨まれ、俺は慌てて河村をなだめた。

　登校日と同じように、河村には睨まれてばかりだった。と言っても彼女に憎悪の類があるわけではなく、これは普段からの癖みたいなものらしい。俺が言うのも微妙な話だが、あまり人と話すのが得意じゃないみたいだった。

じゃあ、何故河村は俺と話す気になったのか、何故共に落書きの謎を解こうとしているのか、そこら辺が俺には分からない。

そんなことを考えながらその姿を眺めていると、河村がファインダーから顔を離してこちらを見る。一瞬、目が合った。

「……あのさ、いいの？」

「え？」

目をきょろきょろさせながら、河村は尋ねる。

「その、私といると、田上に目を付けられるとか、そういうこと、いいの？」

「うーん、まあいいかな」

「何で？」

「別に河村、悪いことしてないし。田上たちに興味もないし」

そう答えると、河村は少し驚いたように俺を見た。

「……そっか」

河村は返事をしたが、こちらをじっと見たままだ。耐えきれずに俺が目を逸らすと、河村もまたファインダーを覗き始めた。

今日の河村は、錆びついた消費者金融の看板をカメラに収めていた。ここ数日見ていて分かったのだが、河村がカメラを向けるのは、大体が寂れた光景か自然である。ある時は茶色く変色したトタンの家、またある時は雑草の中に咲いた白い花、とまず人が写り込むことはない。

「こういう、寂れたものが好きなの？」

「別に、そういうわけじゃないけど、こういうものを、撮りたいから」

河村は少し俯いて言った。

「綺麗にしてるものを撮ろうとするのってね、疲れるの。ありのままでいいのに」

カシャ。

河村は黙々とシャッターを切る。その無機質な音からは何の感情も読み取れない。その写真にはどんな感情が籠っているのか。

俺は数時間前の教室を思い出した。田上の取り巻きたちが笑っている。その貼り付いたような笑みが、茶色に変色する。そして、最後にはぱりぱりと音を立てて崩れていく。

写真を撮る河村をぼんやりと眺めていると、河村はピクッと顔を上げ、カメラごとこちらへ向いた。

カシャ。

「直哉君には分かる？」

長い前髪のかかるその目が、俺を真っすぐに見つめていた。

結局、今日も科学館にやって来た。

謎を解くといっても学校以外に調査すべき場所などなく、かといって俺を解放する気もない河村と共にここに辿り着くのが最近のパターンだった。

河村は休憩スペースの向かいの席で、夢中になって本を読んでいる。表紙を覗いてみると、どうやらカメラレンズに関する本らしい。その横には、星の写真集だったり撮影機材や光の仕組みなど、カメラに関する本が積み上げられている。

ああ、河村にも明確なものがあるんだな。目をキラキラさせて本を読む姿を見て、そんなことを思った。

自分が消極的な人間だということは既に自覚している。それを悪いことだとは思わない。けれど、もし何かに強く惹《ひ》かれることがあったら、人生は大きく変わるのだろうか。現実的な進路を考えろという声が色々なところから聞こえてくる時期になった。それなのに、俺は現実でも夢でもなく、漠然と今だけに立っている。

『私たちには時間がない』

落書きのとき、薫さんが言っていたことを思い出す。

どこかで感じている焦燥が、少しずつ心を焦がす。

「思いついた？」

「え？」

今まで夢中で本を読んでいた河村が、不愛想な顔でこちらを見ていた。さっきまでのキラキラした目の光はどこへ行ったんだ。

「その、暗号のこと」

「……うーん、特には」

あの落書きについて分かったことはここ数日皆無だった。学校の東側に、だいたい十メートル四方の大きなWマークが二つ。学校の校舎マップを使って校庭のどの位置にこれが描かれたのかのメモは取ったが、俺たちがやったのはその程度で、特に新たな発見があるわけでもない。

「落書き、もう一回見れば、何か気付くかな」

「どうせ何の収穫もないと思うぞ。それに、また怪しまれるかもしれない」

俺は昨日のことを思い出し、渋い顔をしてしまう。

「確かに、そうかも」

河村も思い出したのだろう。肩をすくめて、口をむっと突き出した。

昨日の夏期講習後、俺は例のごとく河村に連れられて、校庭の落書きを見に行ったのだった。日光を遮るものが何もない校庭はからからに乾いていて、立っているだけでも、熱気が足元から伝わって来る。

石灰の落書きは生徒たちに怪しまれながら、誰にも消されることなく残っていた。校庭を使っている部活もこの落書きは避《よ》けているらしい。少しずつ薄くなってはいるが、茶色の地面には、二つのWがはっきりと残っている。

「直哉君が描いたのはこれだけ？」

「うん」

「じゃあ、他のヒント、あるのかな」

河村はカメラのファインダーを覗き、落書きを写真に収めている。パシャパシャと乾いた音が、これまた乾いた校庭に響く。

そのとき、後ろから気怠げな声が聞こえた。

「お前らか？」

俺たちが振り向くと、そこには用務員さんが立っていた。灰色の作業着が青天とミスマッチしている。

「落書き、お前らがやったのか？」

その用務員さんは、もう一度尋ねた。ただ、犯人を追及するような切迫感はなく、どこか気の抜けた、面倒くさそうな問いかけだった。

「い、いや違います」

違うことはないのだが、俺はとっさに否定した。こういうときは河村に違うと言ってほしいものなのだが、河村はいつもの対人バリアーを発動し、用務員さんと目も合わせようとしない。

「まあ、だろうな」

用務員さんはこちらに興味を失ったのか、どこかへ歩いて行ってしまう。

「……あ、危なかった」

「いや、河村なんにもしてないでしょ。危ないって思うなら何か言ってよ」

「嘘は、つきたくないから」

「お前なあ……」

すると、ゴミ袋を抱えて再び用務員さんが戻って来る。俺たちは息を詰まらせながら会話を中断する。

「……お前ら、何話してんだ？」

眉をひそめてこちらを見た。俺は河村と向かい合っていた体を、用務員さんの方にぐっと方向転換する。

「え、いや何でもないです」

「そうか」

どぎまぎする俺にやはり興味はないようで、用務員さんはつまらなそうにこちらを見ていた。

「その落書きに深い意味はねえよ」

用務員さんが何かを知ったような顔でそう言うから、「え、そうなの？」と河村が声を漏らす。だが、他人との会話（というか、ただの独り言）に一気に恥ずかしくなったのか、急に俯いてしまった。

「ああ、いや、俺の勘だ。勘っていうか、まあ、どうせ落書きするのが楽しいからって理由だけで描いたんだろ」

よっこらせ、とゴミ袋を担ぎなおして用務員さんは再び去っていく。

「落書きするの、楽しかったの？」

「……まあ、少しだけ」

正直に答えると、「結局、直哉君もノリノリだったんだ」と河村は呆れるようにこちらを一瞥した。

「あら、また彼女連れてきたの？」

俺たちが休憩スペースで他愛もない話を繰り広げていると、図書室の方から陽気な声が聞こえてきた。

「違います」

ばあちゃんの問いかけを、河村が一刀両断に否定する。

乃々ばあちゃんは、俺たちが科学館にやって来るたびにちょっかいを掛けてくるのだった。世間一般の男子高校生の例に漏れず、自分と異性との関係はそっとしておいてほしいと思うが、ばあちゃんにそんな気配りはない。

「うちの家系の男は昔から消極的で人間味に欠けるのばっかりだけど、どうかそこんところは大目に見てくださいな」

「重いし、言い草酷《ひど》い。孫の説明するなら、せめてもっと好感の持てること言ってよ」

「べ、別にそういうのじゃ、ないんで」

河村は思い切り目を逸らす。が、そんなものには動じないのがわが祖母、乃々である。あら、残念ねえ、とニコニコしている。

「それで、その落書きの謎は解けたの？」

「相変わらず、さっぱり」

ばあちゃんには落書きのことをすでに話していた。というより、俺と河村が共に行動している理由を根掘り葉掘り聞かれ、話さざるを得なかった、と言った方が正しい。もちろん、俺と薫さんで描いたことは伏せておいたが。

「人が悩んでいる姿っていうのは、何というか、見ていてどこか滑稽なのよね」

「上品に笑いながらそんなこと言わないでよ」

「あら、悩むって素敵なことよ。おじいちゃんもね、悩むことでしか前に進めない人間だったの。一歩外から見つめてみれば、答えが決まり切っているのにねえ」

「じいちゃんが？」

思わぬ話に驚いてしまう。

俺はこの科学館の館長、つまりじいちゃんのことを尊敬していた。じいちゃんは何でも知っていて、どんな質問にも明確に答えてくれる、そんな姿が格好良かったのだ。

でも、ばあちゃんの口から零れたじいちゃんについての言葉は、まるでそれと合わない。

「そうよ。あの人は何年経っても色んなことで悩み続けてたわね」

「……高校生みたい」

河村が呟く。ばあちゃんがくすりと笑った。

「そう、永遠の高校生みたいなものよ。自信満々に物事を決めつけていたけれども、あの人が物事を断言するときっていうのは、その考えに自信がないって言っているようなものなの。自信がないから、そうやって自分を鼓舞するしかないの」

あの人が死んだ後だから言えることだけどね、と笑う。不謹慎だとか、そういう負の感情を寄せ付けない笑みだ。

「じいちゃん、そんな人だったんだ。知らなかった」

「だって、ずっと隠していたからねえ。まあ私は気付いてたけど」ばあちゃんが涼しい顔をして言った。「誰だって勇気が欲しいの。勇気を手に入れたいなら、まずは勇気を振り絞るしかない。そういうことよ」

声高に叫ぶ勇気。そんなもの、自分のどこにもない。

突然カバンの中から音楽が流れだした。着信だ。慌てて取り出すと、薫さんからの電話だった。

「出ないの？」

「出ない」

河村の問いに、俺は即答する。ばあちゃんが口を尖らせた。

「ちょっと、出てあげなさいよ」

「でも、相手薫さんだよ。絶対面倒なことになるんだけど」

「うーん、確かにあの子は台風みたいな子だからねえ」

それでも、ばあちゃんが出てあげてと言うので、渋々俺は通話ボタンを押した。

「もしもし」

『あ、直哉君、元気？』

「薫さんよりは元気じゃないです」

『そんなことより、今どこにいる？』

「え、科学館ですけど」

『じゃあ話が早い。ちょっとお使い頼まれてくれない？』

「嫌です」

『乃々さんから封筒を受け取って、後で祭りの会場まで持ってきてほしいんだよね』

こちらの話ははなから聞く気がないようだ。ほら、今日の花火大会に私たちいるから、と薫さんはまくし立てる。

『あと、ヒントが欲しいなら祐人に聞いてみな。会場の本部にいるよ』

「え、祐人さん？」

『直哉君、前に図書の整理をしたとき祐人と楽しそうに話してたし、顔分かるでしょ』

それだけ言って、電話は切られてしまった。

「薫ちゃん、何だって？」

「ばあちゃんから封筒を受け取って、持ってこいって言われたんだけど」

「ああ。ちょっと待っててね」

ばあちゃんは少し目を細め、図書室の方へと戻っていった。それを確認してから、少し声を潜めて河村に話す。

「それと、ヒントを知っている人のことを教えてくれた」

「え、ヒント……って、落書きの」

河村は急な話に驚き、目を瞠《みは》る。

「ああ、多分そうだ」

俺たちが薫さんの真意を計りかねていると、「お待たせ」とばあちゃんが戻って来た。

「はい、これ」と封筒の束を手渡される。「薫ちゃん、今日は休みだったから、これを渡せなかったのよね。だから、直哉君に持って行ってほしいの」

「はあ……俺か……」

「いいじゃない、二人で一緒に花火見に行くついでよ」

「行きます、行きましょう！」

落書きの謎に一筋の光が差したからだろうか、河村は未《いま》だかつて見たことがないほど食い気味に、俺に迫る。

「あらあら。二人とも若いのねえ」

ばあちゃんは口に手を当てて笑っている。言わせてもらうが、ばあちゃんの詮索は全く的外れで、河村はおそらくヒントの方に食いついているだけだろう。

「とにかく、その封筒を届けてあげて」

薫さんだけでなく、ばあちゃんにまで頼まれては断れない。仕方なく封筒をカバンにしまった。

まさに燃え尽きる瞬間だと言わんばかりに西日が光を放っていた。僕は川沿いの花火大会本部に収まり、ありきたりなパイプ椅子に座っている。

2

燃え尽きるように沈む太陽だが、もちろん本当に燃え尽きることは当分なく、あと数十億年は光り続ける。何となく拍子抜けだ。

死があるから生が輝く、とは本当だろうか。眩しいものは何故か死を連想させる。

「うーん、眩しいなあ」

宮田が呟いた。

「だなあ」

僕は太陽に目を細めた。光は感情になって体に入って来る。だから、光は眩しいし、こうやって目に入る量を調節しなければならない。

そんなことを考えて、くだらないなと笑う。どうも意識が散漫になっていけない。座っているだけの大会本部の仕事も、最近の町役場の仕事も、そしてこの凡庸な日々も、退屈で茫洋《ぼうよう》としている。堂々巡りの考え事が、その隙間に入り込む。

人の往来は、時間が経つごとに多くなっていた。提灯《ちょうちん》の赤い光が暗くなっていく空に映える。ときたま通り過ぎていく色とりどりの浴衣が、鮮やかに照らされる。

「また先輩は物思いに耽《ふけ》っているんですね」

「物思いは暇人の特権だから」

「でも先輩が何か喋ってくれないと、俺は暇で暇で死にそうです」

「暇すぎて死んだ人は見たことがない」

それに、夜も深まって人が増えてくれれば、おのずと厄介事に駆り出されるということを知っていた。酔っぱらい、迷子、駐輪場の整理等々、これが観光課の仕事なのかと首を傾げたくはなるが、とにかく地味に忙しい。

「何を考えていたか、教えてくださいよ」

よほど暇なようで、嬉々《きき》として話しかけてくる宮田に、何となく笑いがこみ上げた。

「別に何ってわけでもないって」

「いや、でも最近先輩が元気ないのは事実です。目の隈《くま》、濃くなってますよ」

「……細かいところ見てるなあ」

出来る後輩は先輩のことすら見透かしてくる。

気付けば夕日が完全に沈もうとしていた。

館長が死んだ。そのことが今更頭をよぎった。

その死が、「このままのお前で本当にいいのか」と、自分への信頼を足元から揺るがし続けている。「あの時、諦めたよね」と理奈が後ろ指を差す。心の中がくすぶり、何かが暴れだすような夜をいくつも越える。浅い眠りで朝を迎える。

「何かを摑み損ねたんだ」

何か言おうとしたわけではないのに、気付けば口を開いていた。そのこぼれ出た言葉に自分でも驚くが、それはとりとめもなく広がっていくような今の感覚にぴったりだった。

「何か、ですか」

「そう。何か」

夢よりは具体的で、現実よりは眩しい何か。

きっと、それがあればこんな風には悩んでいないはずで、そもそもその何かを持っていたとしても、そんな自覚すらないのだろう。

僕は、その何かをずっと持っていたはずだった。

いろんなことを選ぶうちに、気が付けば大切なものを手放していた。

「今まで、たくさんの分岐点があった。その分岐の先にはそれぞれの未来があったはずなんだ。けれども、そうやって何度も選択を積み重ねている間に、自分が進んでいると思っていた場所と大きくずれた位置に来てしまった」

自分は間違えたのだろうか。どこで、どうやって。だが、そもそも間違えたわけではないのだと思い至る。だって答えはないのだから、間違えようがない。

僕はパチンコを思い浮かべる。スタート地点は同じだが、一球一球が同じ道を通ることはない。釘に弾かれながら転がり落ち、どの球も別々の道を進んで行く。

「俺はこの仕事好きですよ」

宮田は少し控えめに言う。宮田も夕日が沈んでいった西の空を見ている。そこには、どんな絵の具を使っても作れない、人の心をぐわんと掴み取ってしまう紫が広がっている。

「僕も好きだ。こうやって、自分が当たり前だって思ってた催し物に関わって、それがやっぱり当たり前で、素敵なものだって思ってもらえるように頑張るのは、結構満ち足りてることだから」

「やっぱり。いつもの先輩の仕事っぷり、見てれば分かります」

「そりゃ良かった」

照れくさくなり、それを誤魔化すように笑う。しかし「待て」と叫ぶ声が心の中に響く。それとこれとは違うじゃないか。そう思う自分も、ここにいた。

「……でも、やっぱり選び損ねた未来が自分にはあって、僕はそれにいつも怯えている。あの時あった無数の未来が、今では既に存在しない過去に変わってしまった。それが怖いし、悲しい」

夜が近づくにつれて、祭りも熱を増していく。その熱は人々を高揚させる。誰もがふわふわと浮足立っている。花火の始まる時間が迫ると、河原もいよいよ賑やかになってきた。林檎飴《りんごあめ》を手にした少女、手を繋ぐカップル、高校生の群れ。様々な人が、そしてその人生が目の前を通り過ぎていく。

「先輩は、自覚的すぎます」

宮田の声は、少し呆れたように聞こえる。

「自覚的?」

「そもそも、未来は存在しないんですよ。可能性でしかない」

「分かってるけど、自分には、その可能性がいつものしかかっている気がする」

「だから、人は選ぶんです。自分には抱えきれないから、道を決めて、道を捨てるんです」

はっと顔を上げ、宮田を見る。彼の目は真っすぐ前に向けられている。目の奥に、赤紫にくすぶる雲が見えた。

宮田にも確かにそんな道があったのだ。自分が選んだ道、そして、自分が選ばなかった道。宮田の道は、その目の奥、雲の向こうへと、確かに続いている。

「色々な可能性に折り合いをつけて、俺らは進んでいく必要があるんです。だから、そうやって悩んで悩んでやっと辿り着いたのが今なら、俺はその今を信じてみてもいいと思います」

「信じる、か」

宮田から飛び出した言葉に僕は驚いた。その声を聞いて、とても懐かしい心地がした。

「何を笑ってるんですか」

こっちは至って真面目なんですけど、と宮田は仏頂面でこちらを見る。僕もその時初めて、自分がにやけていることに気付いた。

「確かにそうだ」

「何がですか？」

「信じる者は、救われる。聖書にだってそう書いてある」

「そんな大袈裟な話じゃないですって。気休めです」

「でも、少なくとも僕は救われたよ」

気休めでもいいと思った。むしろ気休めであるからいいのだとも、思う。

僕が思い出したのは、高校受験のシーズンに差し掛かり、どこか落ち着かない日々が続いていたときのことだった。

ある土曜、塾で模試の結果が返却された。伸び悩む成績を見てひどく落ち込んだ。そうは言っても中学生の僕は常にぼんやりとしていて、気が付いたら散漫に時間だけが過ぎているなんてことがざらにあったのだから、成績で悩むのは当たり前だった。

僕はそのまま家に帰る気にもなれなくて、憂鬱な気持ちのまま科学館に足を向けた。

館長は休憩スペースに座っていた。仕事を乃々さんに任せてしまい、机に本を積み上げて、読書に没頭していたのだった。

僕は、館長が座る席へと向かう。

「館長」

「ん……ああ、祐人か。珍しいな、一人で来るなんて」

「うん。……ねえ、話を聞いてくれない？」

「どうした？」

何かを察したのか、館長はすぐにその本を閉じ、積んである本も脇へどける。僕は向かいの席に座ると、闇雲に話し出した。とにかく誰かに何もかもぶちまけてしまいたかった。今まで勉強してこなかったツケ、理奈や薫、春樹の成績に自分は後れを取っていること、受験への不安。どこか諦めてしまったように喋る僕の話を、館長は何も言わずに聞いていた。

僕が言いたいことを大概言いつくしてしまうと、それから館長はゆっくりと口を開いた。

「馬鹿だな」

館長は、それだけしか言わなかった。

それはいくらなんでも酷いじゃないか、と文句を言おうとした矢先に館長は言葉を継いだ。

「受かるに決まっている。お前には、春樹と理奈と薫がいる」

館長は毅然《きぜん》として言う。

「……館長、無茶苦茶だよ」

友情なんかで乗り切れるほど受験は甘くなかった。それでも、館長は言うのだった。

「いいんだ、無茶だっていい」

「本当に受かるか分からないんだよ」

「何だっていい。でも私は信じている」

信じている。

呆然と話を聞いていた僕は、気が付くと笑っていた。少なくともあの時は愉快な気持ちになったのだ。信じられているなら、やってやろうじゃないか、と。

それから、月日は流れる。次の年の三月、館長の言葉は本当になった。

合格発表から数日経って、僕、理奈、春樹、薫、このいつもの四人で科学館を訪れた。すると、館長の姿はなく乃々さんだけが図書室の受付に座っている。だからとりあえずと思い、「僕ら、全員合格出来ました！」と、乃々さんに報告した。

「本当か！」

弾けるような声が聞こえた。受付の奥から館長が飛び出してくるところだった。

「この人、直接聞くのが怖いから奥で隠れてるって言うの。すっごく緊張してたのよ」

私は信じていたけどね、と乃々さんははにかむ。

「そんなことより、祐人！　お前も受かったのか！」

おいおい、あの力説はなんだったのか、と肩の力が抜ける。どうやら僕は館長の出任せに踊らされていたらしいと、ようやく気付いた。

呆れる僕に、館長はこう言うのだった。

「私は信じていたぞ」

ずるいなあ、と思う。この言葉を聞いて、そのとき考えていたことがすべてどうでもよくなってしまった。


「信じる、か」

何かを信じないと前に進めないときはいくらでもある。拠《よ》り所《どころ》なく不安な日々を生きているのならば。

気付くと隣で宮田が笑っている。

「なんか先輩、怪しい宗教の人みたいですよ。宗教家にでも転身しますか？」

「それはまた大きな分岐だなあ」

目の前を人々が通り過ぎていく。そこには、やはり様々な分岐があり、選択があり、そしてその末の姿がある。一体どんな大人になるのだろう、そんな期待と不安を胸に秘める子供たち。子供の頃に想像していた将来の自分の姿とは、何だか違うみたいだと思う大人たち。誰しもが、知らず知らずのうちに何かを選び、何かを諦めていた。

それでも僕は敢《あ》えて言おう。僕らは、僕らの道を、どこかで信じて進んでいるのだ。


祭りと言えば、屋台である。

先ほどから辺りでは、焦げたソースや揚げ物、イカ焼きなどが、食欲を掻き立てる香りを漂わせていた。そんなものが立ち込めている祭り会場で、本部席のお留守番をしているというのはなかなか酷な話だ。

「……お腹《なか》減りましたねえ」

「そうだよなあ」

とそのとき、腹回りが震えた。こんな匂いが立ち込めていれば、腹の虫だって鳴くものだ。……なんて一瞬思うが、その震えはスラックスのポケットに入れた携帯から来ている。

画面を見ると、春樹からの着信だった。

「もしもし、春樹？」

『おう』

雑踏の中で、淡泊な声が聞こえる。

向こうの騒音がひどいので、祭り会場にいるのかと聞くと、やはりそうだと答えた。

『ちなみに祐人は？』

「僕も会場だよ」

自分は会場での仕事があるという話は既にしてあった。思えば、一緒に祭りに行こうと誘われたのはいつ以来だっただろうか。僕がこの町に戻ってきたのは去年のことで、ついこの間まで、全員が顔を合わせるということはなかったのだ。

『そっちは仕事忙しいのか？』

「いや、はっきり言えば暇だな。腹が減った」

『確かに、暇そうだ』

まるでどこかから見ているように話す春樹だったが、電話の向こうで、ゴソリ、とひときわ大きな音が鳴ったかと思えば、

『祐人！』

思わず耳を離したくなるような大声が飛んできた。今度は薫だ。

『祭りだよ祭り！　本部がどれだけ暇だからって、そんな白けた顔してちゃ駄目だっ

て！』

薫も祭りの熱に浮かされている一人のようで、こちらの話を聞く気もなくまくし立てる。

と、そこで「ん？」と首を傾げた。いま自分はそんな白けた顔をしているのだろうか。いや、第一なぜ顔のことが分かるのか。

不審に思い、辺りを見渡した。宮田が怪訝な表情でこちらを窺っているのが視界の端に見える。不審なのはむしろ僕なのかもしれないが、今はどうでもいい。

『右だよ右』

薫から電話を奪い返したらしい春樹の、涼しい声が聞こえた。

本部席から身を乗り出して通りを覗くと、案の定、右には見慣れた三人が立っている。春樹と薫、そして理奈である。

「やっと気付いたか」

春樹が呆れたように言う。その手にはビニール袋がいくつか提げられていた。

隣でこちらに手を振るのが薫だ。その手で林檎飴を持っているものだから、その勢いで振られる大きな林檎を、突き刺さっただけの割りばしが支えられるものなのか、と見ているこっちの方が不安になる。

そして、薫の隣で理奈がこちらを向いていた。あの夜、橋の上で話してから、まだ一度も会っていなかった。

三人が本部席の前までやって来た。

「あ、皆さん初めまして。神庭君の幼馴染で、科学館に勤めている三島《みしま》といいます」

薫がぺこりとお辞儀をすると、「はい」と言って春樹の腕を叩く。春樹が持っていた袋を薫に渡すと、「差し入れなんで良かったらどうぞ」と机に置いた。春樹はなすがままにされてむっとしている。

「お、マジですか」

宮田が嬉しそうに声を上げる。中には、屋台で買ってきた焼きそばや串カツなどが入っていて、本部にいる他の職員からも歓声が上がった。

僕らが主に任されているのは、花火が終わった後の誘導やらなんやらなので、それ以前はそこまで仕事もない。その場にいた職員たちが一気に色めき立った。

「気が利くな」

「でしょ」

薫は鼻高々だ。何だか素直に認めるのは癪《しゃく》だが、昔から、こういった外向けの愛想の良さは薫がずば抜けていた。

薫は宮田にも声を掛けた。

「ちょっとこの祐人、借りてってもいい？」

「え」

唐突な話で、思わず声が出た。

「大丈夫じゃないですか？」

宮田がいいですよねと課長に判断を仰ぐと、課長は串カツを堪能《たんのう》しながら「花火が終わるまでには戻って来いよ」とすっかり上機嫌になって言う。

「いやいや、さすがにまずくないですか？」

「まあ、俺がいるんで大丈夫です」

宮田が余裕そうな表情を浮かべて言った。随分と大口を叩く後輩である。が、実際自分がいなくても何とでもなりそうなので、どうにも言い返せない。

「お言葉に甘えてちょっと借りていきますね」

そう宮田に微笑んだのは理奈だった。

「行くよ」と理奈が急かすので、慌てて身支度をしてテントの外へ出た。

3

先ほどまで淡い紫が広がっていたこの空も、気付けば真っ黒に染まっている。月も今日ばかりは引っ込んでいて、空の黒いキャンバスを邪魔するものは何もない。まさに花火日和だった。

　春樹が「それにしても暑い」と顔をしかめて言った。

「熱帯夜だねえ」

「しかもこの人混みだからなあ」

　薫を先頭にして、私、春樹、串カツと交換された祐人の順になって、人混みを掻き分けながら進む。川沿いに続く赤い提灯が闇に映えていて、その提灯につれられるように、私たちはだらだらと歩いている。

「あー、ビール飲みたい。ビール」

　私がそう零すと、

「うわ、理奈おっさん臭い！」

　祭りになるといつもの五割増しではしゃぐのが薫である。頭には、一体いつの間に買ってきたのか、アニメキャラクターのお面が装着されていた。

　春樹は提げている袋に手を突っ込む。

「あの頃はラムネで満足してたんだけどなあ」

　そう言って取り出したのは銀色に輝く缶、すなわちビールである。すっかり、その缶を見るとテンションが上がる年になってしまった。

「さっき屋台で買ったんだ」

「春樹もたまには気が利くじゃん」

私は、春樹が寄越してきたビールをありがたく受け取る。

「祐人も飲むか？」

「いや、さすがに僕はこの後仕事あるからなあ」

春樹の申し出を、祐人は残念そうに断った。

「ゆ、祐人もお酒飲むように、なった？」

私はさりげなく聞いてみる。でも、緊張からか、まるで自分の声ではないように聞こえた。

「まあ、付き合い程度に、だけどね」

自然に聞けただろうかと不安になりながら、「そうなんだ」と返事をする。言葉尻が震えてしまう。

「いいなあ。私はお酒全然ダメだから」と薫が羨ましそうに言った。私にだけ見えるように、ウインクをしてくる。どうやら、助け舟を出してくれたようだ。

「あれだ、薫だけ永遠に未成年だ」

春樹が言う。

「確かに。かしましいし」

「それひどくない？」

薫は軽やかに話し続けている。そんな薫のことを、私はしばらくぼうっと見ていた。

やっぱり薫には敵わないな、と思う。


「祐人と喧嘩した？」

その言葉に、思わずむせた。

「やっぱり」

屋台に並ぶ列に、私と薫はいた。祐人と春樹は別の屋台に並んでいる。それぞれが食べ物を買って集合する手はずだった。

「……何で分かったの？」

「だって、いつもの理奈ならもっといい匂いがするから」

薫は身を乗り出して、顔を私の胸元に近づける。そして、すーっと鼻で息を吸った。

まるで美しい花の匂いを嗅ぐかのような振る舞いである。

「匂いでそんなことまで分かるの？」

「伊達《だて》に理奈の匂い嗅いでないから」

「……私、もはや怖いんだけど」

「そんな冗談はさておき」

「冗談なのね」

「とにかくさ」態度を改め、薫は真剣な目で私を見た。「最近眠れてないでしょ」

ドキッとした。しどろもどろになりながら、「……まあ、そうだけど」と答える。

「やっぱり。眠れないほど悩むことと言えば、今の理奈には祐人のことしかないでしょ」

「え、いや、そんなことない」

「さっきも、馴れ初めを聞こうとしたら顔から火が出てたし」

「だから、違うって」

「違うこと、ないよ」薫は首を振って私を見た。その目にからかってやろうとかそういう気持ちはもう見当たらない。どこまでも優しい目をしている。「どんな形であれ、理奈は祐人が大事なんだ。別に、好きって形じゃなくたって、今でも大切に思ってることは変わらないんだよ」

どうして薫には分かってしまうんだろう。

祐人と深い仲だったのはもう何年も昔の話だ。思い返せば懐かしく、初々しく、どこか気恥ずかしい。とにかく、私はすごく幸せだった。

でも気が付けば、祐人は私のことを見なくなっていた。恋の感情とは全く違う場所で、私たちはすれ違っていた。

だから私たちは中途半端に別れ、また、こうやって中途半端に出会ったのだ。

「なんで喧嘩しちゃったの？」

優しい声だ。

私は答えるか迷った。

だって、これは私の本性を曝《さら》すことと同じだから。祐人だけではなくて、薫にも私のエゴを押し付けることになるから。

それでも薫は優しい目をして待っていた。私の言葉を、気持ちを待っていた。だから、本当のことを言おう。どう思われてもいい、と私は覚悟した。

「なんで、夢を諦めたのって、言った」

あの時、口を開いたその瞬間に、それは言ってはいけなかったのだと気付いた。諦めなければ夢は叶《かな》う。本の中、テレビの中、そんな言葉を口にするのは、夢を叶えた人たちだけだ。

私が何を言っても、祐人にとっては説得力のない戯言《たわごと》だった。傲慢《ごうまん》だった。ずっと祐人に夢を押し付けていた。祐人ならきっと叶えてくれる。夢は叶うのだと、信じたかった。

そう、信じたかったのだ。

薫は私が言い終わるのを静かに待って、それから、「そっか」とだけ返事をした。

この列は、なかなか前に進んでくれない。

「理奈は、間違ってないよ」

何気ない一言のように、薫は軽々と言ってみせた。

やっぱり薫はすごい。いつも、私が越えられないものを簡単に飛び越えてしまう。

「じゃあ、あとは私に任せてよ。祐人と仲直り大作戦、ね」と私に向かってはにかんだ。

少し遅れて、「うん」と返事をした。


ガチャリ。

息を呑んで、狙いを定める。

「いけっ！」

薫が叫ぶと同時にトリガーを引くと、ポンと飛び出した弾はチョコのお菓子を通り過ぎ、後ろの赤い垂れ幕に当たって落ちた。

「撃つときに叫んだら、どう考えても狙いがずれるだろ」

横で射的銃を構えていた春樹は、鋭い視線をそのチョコ菓子に注いで静かに弾を撃つ。真っすぐに飛んだコルクの弾はチョコ菓子を直撃し、その円柱状のお菓子がゆっくりと下に落ちていく。命中してもなお、春樹はその姿勢を保ったまま微動だにしない。気分はさながらスナイパー、まあ、そんなところだろう。

「おお、春樹やるう」

薫が春樹を褒めると、相変わらず射撃フォームから動かない春樹は口元をにやりと歪《ゆが》めた。

「……私、春樹が酔ってるの初めて見た」

「明らかに、調子に乗ってるね」

後ろでそんな二人の様子を眺めているのは、私と祐人である。

「というか、あの春樹がはしゃいでる……」

私は呟き、この光景に思わず吹き出してしまった。そんな私につられて祐人も笑う。

俺はいいからと遠慮していた春樹だが、いざ射的銃を持たせてみるとこの有様である。

前の二人から、続いて射的特有の何かが弾けるような音が響いた。

そんな私たちの横を、祭と書かれた法被《はっぴ》を着た小学生たちが賑やかに通り過ぎた。

「そろそろ花火始まっちゃうぜ」

「マジ？　行こうぜ、場所なくなっちゃう！」

時計を見ると、花火が始まる時間まであと十五分である。

「あ、もうそんな時間か」

「うん」

顔を上げると、私の腕時計を覗き込んだ祐人と目が合った。

「わっ」

慌てて顔を背けてしまった。祐人も顔を私と反対の方向に向けている。そのまま、互いに黙ってしまう。

「……何やってんだお前ら」

射的から戻ってきた春樹が、反対方向を向いたままの私たちを見て不思議そうに言った。

「……何でもない。行こう、花火始まっちゃう」

私は振り返ることもせずに歩き出した。


なんで自分はこうなのだろう。まずは私が謝らなければいけないのに。

内心では悶絶しながら、それでも私は歩き続けていた。河原沿いの遊歩道を左に折れて、人気の少ない道を進む。花火を見るために山の上の神社へと向かっているのだ。

薫が先を行く私に呼びかける。

「ちょっと理奈、待ってよ」

私は足を止めた。とはいっても、それは薫に呼ばれたからではない。

「あれ、理奈さん」

私の前に、直哉君が立っていた。

「あれ、奇遇だねえ」

薫の声を聞くと、「薫さんが呼び出したんじゃないですか」と直哉君が露骨に嫌な顔をした。薫はさらに手を振るから、ますます渋い顔になる。

「そんな顔しなくたっていいじゃない」

「薫さんといると、ろくなことがないので」

「確かにそうだ」

その瞬間、頷いた春樹が薫の蹴りを喰らって崩れ落ちた。

カシャッ。

今度はそんな音が横から聞こえてきた。色々なことが起こって忙しい。音がした方に顔を向けると、小柄な少女がカメラを構えている。首に提げているそのカメラは、小型だが随分と立派な物だ。

「……彼女？」

「違います」

祐人の問いに即答したのは、直哉君ではなく、ファインダーを覗いたままの少女である。

てっきり蹴られる瞬間の春樹を写真に収めたのかと思ったが、カメラは山の上へと続く長い石段に向けられている。そりゃそうか、春樹が苦悶する写真を撮っても、まるでどうしようもない。

神社へと続く石段は灯籠《とうろう》の穏やかな光に照らされていた。その奥には、鳥居の影がぼんやりと見える。少女がカメラの液晶画面を覗き、それから顔を上げた。

「知り合いの河村です。諸事情あって来ました」

「諸事情？」

私が尋ねると、

「ちょうど良かった。これ、持って来ましたよ」

そう言って直哉君はカバンから何かを取り出し、薫に渡した。

「お、ありがとね。えーと、これは……春樹の。で、祐人。あと、はい、理奈」

はい、と手渡されたのは封筒だった。その封筒は真っ黒で、そして金と銀の小さなラメがたくさんちりばめられていた。

「あと、直哉君たち」

「え、俺たちも？」

「当たり前じゃない。これは招待状なんだから」

直哉君が首を傾げる。

「招待状？」

「そう。八月三十一日、科学館最後の開館日。科学館が閉館した後に、最後のプラネタリウム投映をすることになったの。これはその招待状。乃々さんからみんなにってね」

へえー、と一同から声が上がる。

「これ、もしかして星座になってる？」そんなことを言い出したのは祐人だ。「ほら、この封筒に印刷されてるラメ」

「その通り。芸が細かいでしょ」

私も自分の封筒を見て確認する。確かに金銀のラメは、はくちょう座やわし座など、夏の有名な星座と同じ配置になっている。

「最後だから、細かいところまでこだわって作ったんだ」

薫は自信満々に笑った。すごいすごい、と一同で盛り上がりながらも、「最後だから」という言葉だけが、私の頭に響き続けていた。

「それでさ、今からどこで花火見るつもり？」

「普通に河原ですけど」

そう答えた河村さんに、「それは、まだまだ素人だねえ」と薫は指を振って笑い、「花火見るなら一緒に見ようよ。穴場があるんだけれども」と親しげに誘う。相変わらず人と打ち解けるのが早い薫は、既に科学館で仲良くなっていたのだろうか、河村さんと自然に話している。「じゃあ、お言葉に甘えて」と、二人が薫についてきた。

私たちは少し立ち止まり、それから横に広がって誰もいない石段を上り始めた。

私の前では薫と春樹が話している。

「いやあ、随分久しぶりに歩くねえ」

「意外と覚えてるもんだ」

「この石段って、こんなに短かったっけ」

「何だかもう少し長かった気がする」

そんな話を聞いて、思い出の中のこの光景を掘り起こしてみる。確かにこの石段はもっと長いような覚えがあった。だが久々に実物を見てみると、そこまででもない。

「何だか、鮮やかだったんだよな」

灯籠に照らされながら祐人が呟く。

「昔はさ、花火が始まるからワクワクしてこの石段を上っていったじゃん。だからみんなで歩いてるこの時間は、やたらと印象深く覚えてるんだよ」

大きい声ではなかったのに、祐人の澄んだ声は辺りへと響く。

一段一段と進むこの足元は、花火大会の日と元日だけ灯される灯籠によって照らされ、ぼうっと浮かび上がっている。今日は、この石段にとっても特別な夜だ。

隣にいる祐人が「いつの間に彼女作ったの」と直哉君にささやき、直哉君もまた「だから彼女じゃないです」と不機嫌そうに小声で返している。

祐人たちの反対側にいた河村さんはそんな会話に気付いていない。ファインダーを少し覗き、何回かシャッターを切ると、自然と頬が緩むのか、嬉しそうな笑みを浮かべた。

「いやあ、お腹いっぱいだよ」

「そりゃ、あれだけ屋台で食べればそうなるだろう」

春樹が、満足そうに腹太鼓を叩く薫を見て、呆れたように笑っている。

この石段で交わされているのは、どこか下らなくて、そしてありふれている会話だった。それでも、私はこの瞬間を忘れないんだろうな。そう思った。ある瞬間に幸せは宿る。石段を上り切るまでの一瞬一瞬が、本当に幸せと呼べる時間なんだと気付いているのは私だけのようだった。

石段を上り切り、鳥居をくぐった。神社には既に花火を待つ人々がいる。しかし、人でごった返しているわけではなく、下の河原よりもずっと静かだ。

ここでは本殿の左側から穏やかに花火を眺めることが出来る。春樹が昔見つけた絶好の花火スポットだった。

「じゃあ、取り敢えず参拝しよう」

空がよく見える境内の端に向かおうとすると、祐人は財布からお賽銭《さいせん》を取り出して、こちらをきょとんと見ている。

「え、もう花火始まっちゃいますよ」

直哉君が言う。

「そんな罰当たりな」

祐人が口を尖らせている。

「あれか、場所代みたいなもんか」

春樹はひとりごちて鷹揚《おうよう》に頷いていた。

お賽銭を場所代と言って憚《はばか》らない春樹に構うことなく、祐人は賽銭箱に小銭を投げ入れている。仕方なく私も財布から小銭を取り出し、手を合わせた。

何を願おうか。

願うことはいくらでもあるはずなのに、こういうときに限って上手く形になってくれない。

ぴゅー。

左手から音が聞こえた。全員が同時に振り仰ぐ。

どんっ。

心臓を打つような音が響いた。空に爆《は》ぜる無数の色彩が、辺りの木々や本殿を照らす。息が出来ないほど鼓動が速くなる。こんなに激しいものだったっけ。私の気持ちは驚きと興奮と感動でないまぜになっている。

「うわ、始まっちゃった」

薫が跳ねるように花火のほうへ飛び出していく。慌てて私も後を追った。

花火は何発も打ち上げられ、夜の闇に花を咲かす。神社の左側には所々に人だかりが出来ていて、私たちもその群れに加わって花火を眺めていた。

ふと隣を見て、祐人だけしか近くにいないことに気付いた。辺りを見渡すと、人を数人挟んで春樹と目が合う。そして、その横では薫がこちらに向けて小さくピースをしていた。河村さんは木の柵から身を乗り出してカメラを構えている。よく見ると、先ほどとはレンズの形が少し変わっているようだった。閃光に強いものだろうか。

そんなことより、とこのひどく落ち着かない状況にようやく気付く。私は祐人と二人きりにされてしまったのだった。

策士め。

要するに、チャンスは与えたのだからあとは自分で仲直りしろ、と薫は言っているのだ。

私は集中して花火を見ることが出来なくなってしまう。祐人をちらりと見やると、そんな私に構うことなく花火に夢中だったから、少しだけ腹が立つ。

立て続けに打ち上げられる花火に目をやる。こうやって花火を見るのはいつ以来だろう。当たり前のように離れ離れになった私たちが、再び当たり前のように集まって、同じ空を眺めている。それでも、時間が経ったのは事実で、それがどこか不思議だ。

空を見る祐人の目に、花火の光が反射する。その目にはどんな風にこの花火が映っているんだろう。そんなことを思った。私の目に映るものとは違う光景を祐人は見ているのかもしれない。

私には、花火が輝いているのか分からなかった。星を見上げているときと同じだ。光が届く。それなのに、輝いていない。

花火の光は、本来そこにあるはずの星々を覆い隠す。そうやって、いつの間にか色々なものが被さって、様々なものが見えなくなる。何を見て、何に焦がれて、何を感じているのか、分からなくなる。私は何も分からない。自分ひとりだけじゃ何も分からないから、それを祐人のせいにして、私は勝手に喚《わめ》いているんだ。

私は、自分勝手だ。馬鹿で、傲慢で、それで……。

「僕さ、やっぱり綺麗に見えるんだ」

どんっ。

私は思わず顔を上げた。

重く響く音と共に、祐人の横顔が花火に照らされる。その目は凜と空を見据えていた。

「何を考えていてもさ、星も花火も眩しいし、キラキラしてるんだよ。いつも、どんな時でも。たとえ、どれだけ手を伸ばしたって、届かなくても」

理奈には、怒られちゃうかもしれないけどさ。

小声で祐人がそう言ったのが聞こえた。

再び花火が打ち上がる。私には分かる。祐人が見ている光は、ただキラキラと瞬いているだけではない。その破片は、心にずっと刺さり続けているんだ。

「確かに後悔はしてる。申し訳なかったとも思ってる。でも、僕は今の自分を信じたい」

祐人は少し俯き、頭を掻いた。

「ずっと、あの時から、逃げっぱなしだったから」

「……ごめん」

私は、泣いていた。必死になって、嗚咽《おえつ》を呑み込もうとしていた。ごめん、ごめん、と、ただそれだけしか言えなかった。

祐人は、私の言葉をちゃんと考えてくれたのだった。私が零した自分勝手な言葉を。そして私は、祐人を傷つけてばかりいた。祐人の手に引っ張られていたはずが、祐人の手を無理矢理引いていた。

祐人はずっと宇宙に憧れてきた。そして私は、ずっとそんな祐人に憧れてきた。でも、気が付いたら私は祐人を追い抜いていた。じゃあ、今度は何を追っていけばいい。祐人は今の自分を信じればいい。じゃあ、私は。

「やっぱり、……分かんないよ」

嗚咽と一緒に零れた声を、必死に抑え込もうとした。苦しかった。

そのとき、私の頭に手が置かれた。びくりと体を震わす。その手は、わしわしと頭を撫でる。私の髪が乱れるのも構わず、その手は動き続ける。優しくて、そして温かい。
私は、祐人を見ようとして顔を上げた。
一輪の大きな花が、ちょうど空に開いたところだった。

第四章　金　網

1

　つい先程まで活気に満《み》ち溢《あふ》れていたこの河川敷も、随分と静かになっていた。花火を見終わり、まだどこか後ろ髪を引かれるように河原に座り込む人々もいる。屋台では片付けが進んでいて、それも祭りが終わったことを実感させる。

　俺と河村は再び河原沿いの遊歩道へと戻ってきていた。ここに来た最大の目的、落書きのヒントのことは、まだ終わっていない。

　本部があった場所に向かう。既にテントは片付けられていて、駐車場の前には鉄管の骨組みだけが残されている。提灯の明かりは消され、先程の人混みも嘘のようにがらんとしていたが、約束通り祐人さんはそこで待っていた。

「あ、直哉君」

「どうも」

「こんな時間に待ち合わせっていうのも何だか妙だけど」

花火が終わる前に、仕事があるから、と言って神社から離れた祐人さんだったが、そのときに後で会えないかと約束しておいたのだ。

「で、用事っていうのは？」

「それなんですけど……」

「い、今から、私たちの高校に来て、くれませんか」

河村が俺の言葉に割り込んだ。思わず、え、と顔を向けると、河村はぷるぷるしながら頭を下げていた。

俺は困惑したが、河村はその姿勢のまま動かない。

「いや、あの、実は、彼女が落書きの濡れ衣を着せられていて……」

唐突な展開に慌てながらも、俺は落書きの事情をざっと説明した。もちろん大まかにであるし、自分と薫さんがやったということは伝えない。

「ふうん。落書き、か」

「正直俺たちも手詰まりで、祐人さんなら何か分かるかなあ、と思って」

「何で僕なら分かるんだ？」

「えっと、薫さんが、祐人さんに聞いてみろって言ったので」

「薫が？　何で僕なんだろう」

大きく首を傾げてから、顔を戻した。

「まあいいや。じゃあ、取り敢えず行ってみようか」

「え」

祐人さんの目が、それ以外に方法はあるのか、と言っている。

「……本気で言ってるんですか？」

「まあ、謎解きは早いに越したことはないし」

「……大人って、高校生を簡単に振り回しすぎじゃないですか」

俺が訝《いぶか》しむ目を向けると、

「僕もこう見えて、昔から謎と友人には振り回されてきたからなあ」

と祐人さんは苦笑いを浮かべた。


夏の天体イベントの一つにペルセウス座流星群がある。例年八月中旬を中心に活動して、たくさんの流星が夜空に現れる。他の流星群と比べてもその規模は大きく、日によっては一時間に四十個以上の流星を見ることが出来る。ただ、流星群をもたらす彗星《すいせい》は既に通り過ぎているので流星のピークは過ぎてしまったが、何とか今日ぐらいまでは観測出来るらしい。

祐人さんは空を眺めながら、だいたいそんなことを言った。

「といっても、館長の孫なんだから聞き覚えがある話だったか」

「……まあ、正直聞いたことありましたね。ぼんやりと思い出しました」

「さすがだなあ」

高校への道すがら、流星群の話になった。交通量もさして多くない、静かな住宅街を抜ける細い道だ。街灯がどこか心細くなる程度に離れて並び、自分たちの影が決まった周期で伸び縮みする。

カシャッ。

河村がシャッターを切った。フラッシュは焚《た》かれず、その軽い音だけが響いた。一体何を撮ったのだろうかと河村の方を見ると、カメラの先は、屋根の間から覗いた空に向いている。

河村がカメラの液晶画面を見たので俺も覗いてみたが、そこにはもちろん何も写っていない。

「……寂しい、空ですね」

画面を確認しながら、ぽつりと河村が呟いた。

「寂しい？」

祐人さんも、その何も写っていない画面を覗き込む。

「流星群がどこかに行ってしまった、って聞いてから、空が花火大会の後の河原みたいに寂しく見えたんです。花火と同じで、突然現れて、突然いなくなる。普通、空は穏やかなのに、今だけはこうやって振り回されてるんだなって思って」

やけに饒舌な、というよりは素直な喋り方だったから、俺は河村の横顔をまじまじと見てしまう。何だか、いつもより柔らかい顔をしている気がする。

河村はカメラを出来るだけ空に近づけようとしているのか、腕を目いっぱい伸ばして、シャッターを切った。しかし、今度は何故かフラッシュが焚かれ、わっと竦《すく》む。長い前髪がふわりと揺れた。

「い、いきなり喋って、ごめんなさい」

河村が萎《しぼ》んでいく。暗闇ならいつもより滑らかに話せるというわけか、と俺はその丸まった背中を見て思った。

涼しい夜風が吹いた。夏の終わりは近いのだと、気付いた。

まだ流れ星を見るチャンスがあると聞いて空を注意深く見ているが、それらしきものは見当たらない。そもそも歩きながら空を眺め続けるのがなかなか難しい。

「ないなあ」

「ペルセウス座流星群のピークは過ぎちゃってるから、見られたら相当運がいいね」

それでも空を眺めながら、昔はみんなで見たなあ、と呟く祐人さんの横顔はどこか楽しそうで、まるで少年みたいだ。

「私も科学館よく行きました」

「え、そうなの」

つい驚きの声を上げる。

「うん。星の写真とか、好きだし」

そう言うと、河村は手元のカメラを弄り始めた。

「私、自分が撮った写真の中にたまたま流れ星が写ったことがあったんです。星の軌跡の写真、ですけど」

「星景《せいけい》写真なんて撮ったことあるんだ」

祐人さんが少し食いついた。

カメラは、シャッターが開いている間だけ光を受け取り、像を形成する。そのシャッタースピードは通常一瞬だが、星の写真を撮るときは光が弱いので、長い時間シャッターを開放して露光させる必要がある。そのため、三脚に固定して長時間露光で撮影を行うと、地球の自転によって星の軌道が線となって写るのだ。

何でこんなに詳しいかと言えば、それは耳にタコが出来るほどじいちゃんに聞かされたからである。

「うーんと……お気に入りなんですけど……」

河村がボタンを押し、画面を切り替えていく。

「あ、これです」

カメラの画面に一枚の写真が表示された。画面は小さいが、写真の内容はだいたい分かる。横向きの写真で、明るい藍色の空を美しい円軌道の曲線が占めていた。その線は横に走っていたので、南の空を写したのだろう。また、薄墨のような色のシルエットが、なだらかな山の稜線を浮かび上がらせている。幻想的な一枚だった。

「おお、すごいな」

祐人さんは半ば興奮して、画面を食い入るように見ている。

「ここらへんに流れ星が写っているんですけど、この画面じゃよく分からないですね」

河村が画面を指差すが、俺はそのとき、あることに気付いてはっとした。

この光景、最近も見た。

思い出すのは、河村と初めて向かい合って話した日のこと。あの日、俺は浩一郎と教室の掃除をしていた。そう、窓の拭き掃除。あのときの光景と、この写真の中の光景、昼か夜かの違いだけで、同じ場所から見たものなのではないか。

高校の教室の窓はすべて南側に付いている。そこからは田んぼが広がり、そして遠くには山々が霞んでいる。夜景だから分かりづらいが、この山の稜線は間違いなく学校からの景色だろう。

間違いない、河村は学校でこの写真を撮った。

自ずと話は繋がっていく。

河村が学校に忍び込んだという話だ。あれは確かに本当で、だが盗撮などとは全く関係なく、ただ単にこの写真を撮るのが目的だったのではないか。

「河村」

鋭い声で言った。

「何?」

河村は、振り返った。

その顔は、とても幸せそうだった。いつもの不愛想な表情はなりを潜め、ただ写真について夢中で語っていた。

俺は、何も言えなくなってしまった。

「あ、ご、ごめん。私、夢中で、話してて、その、どうせつまんないし……」

自分の顔が少し硬くなっていたのかもしれない。河村がみるみるうちに小さくなっていった。再び俯いてしまう。

俺は河村の姿を想像した。一人、夜の学校に忍び込む。少し不安に思いながらも、それでもいい写真が撮りたいと、カメラを準備する。カーテンの閉められていない夜の教室を、窓から入って来るわずかな光だけがぼんやりと照らす。窓を一つだけ開けて、そこからレンズの先端を外に出す。シャッターを開放させている間、一人静かに空を眺める。前髪越しに見える、夜の光景。彼女は何を思っていたのだろう。星に、星の向こうに、どんな思いを馳せていたのだろう。

「もっと話してよ」

「え？」

「これ、露光時間の調整とか大変だったんじゃない？」

俺は、深く詮索するのをやめた。今は、河村の話を聞いていたかった。

河村が俯いていた顔を再び上げる。目の奥は、無限の星空みたいに輝いている。

「うん。最初は十五分でやってたんだけど、なかなかしっくりこなくて、だからその次は三十分で……」

そのとき、視界の端で何かが瞬いた。少し顔を上げてみたけど、そこには果てのない暗闇が広がるだけだった。

しばらく、そんな話を続けながら夜道を歩いた。住宅街を抜けると、田畑が広がる場所に出る。高校はもう目と鼻の先だ。

高校へと近づくにつれて、祐人さんはおっかなびっくり歩くようになった。

辺りをきょろきょろと見回す祐人さんに「どうしたんですか」と尋ねると、「いや、どうにも落ち着かない」と頭を掻く。

「学校に侵入するなんて、何となく後ろめたくないか」

「今更ですか」

そう答えてから、自分が少しも怖気づいていないことに気付く。まさか「この前忍び込みましたけど、全然バレなかったから何とかなりますよ」とは言えず、曖昧に笑った。

「悪いことをするわけでもないですし、きっと大丈夫ですよ」

河村は飄々《ひょうひょう》としていた。思えば河村も学校へ忍び込んだことがあるのだから、そのあっけらかんとした様子に納得出来た。

「……昔さ、薫がしょっちゅう悪戯してたんだ。僕も薫に連れられて、その悪戯を手伝わされた。誰かを驚かせてみたりだとか、こうやってどこかに忍び込んでみたりとか。そのときだけ、あいつ、普段はしてない眼鏡を掛けてくるんだ」

「眼鏡……ですか」

眼鏡を掛ける薫さんには、覚えがあった。あの落書きの夜のことだ。

「何で眼鏡なんてしてるのかって聞いたら、『こんな聡明そうな女の子が悪戯なんてするわけがないって神様も見逃してくれるはず』って言うんだ。しかもびくびくしながら。

怯えるぐらいならやめとけばいいって思うのに、何故かずっと悪戯を続けてた」

「なんだか、変な話ですね」

河村は首を傾げながらも、その話を聞いている。

「そうだよな。変な奴だった。でも、今ならその気持ちも少し分かる気がするんだ。薫は勇気が欲しかったんだと思う。悪戯をする勇気を持っている、ということを常に確認しているみたいだった。何かをしなければいけないときのために、準備をしていたんだと思うんだ。薫は真面目な奴だからさ」

夜の道に車は通らず、三人の足音が際立って聞こえる。俺は祐人さんの言葉の続きを待った。

「……何の話してるんだろうな、僕。その、あれだ、僕も勇気が欲しいんだ。この今も堂々としていられるような勇気」

多分、学校に忍び込むための勇気とは別の話をしているのだと思った。

「びくびくするのは、嫌いです。私も、勇気が欲しいです」

河村がぽつりと呟いた。

俺たちは学校の裏手に着いた。裏門の横にあるフェンスを登って中に入るのは、薫さんと同じだった。

「殴ってぶっ飛ばせる敵の方が遥かに珍しい。大体の敵は、悩みとかそういう形で自分の中に居座ってるから」

祐人さんはフェンスを登っていく。

「そうですよね、珍しいん、ですよね」

河村が祐人さんを見上げている。切実な目で、見上げている。

「……うん。結局、最後に倒さなきゃいけないのは、自分だ」

静かな夜に、金網が軋む音だけが響いていた。


やはり、夜の学校ほど落ち着かないものはない。いざ学校内に入ってみると、二回目の侵入でも身が竦んでしまう。

「それで、まだその落書きは残ってるの？」

祐人さんにそう聞かれたので俺は頷き、校庭の方へ歩いて行った。

二つのWが描かれたのは（正確には描いたのは）数日前のことである。だが、校庭に突然現れた落書きに、生徒はあまり近づこうとしなかった。その白線は、運動部員も避けていたので、まだ何とか見える程度に残っている。

「これです」

夜なので見にくいが、うっすらと校庭を照らす街灯の明かりを頼りに、何とか目を凝らして落書きを眺める。上から見ていないので少し分かりづらいものの、二つのマークは横に並んでいて、やはりどちらもWの文字に見える。二つのWは同じ大きさだが、文字の角度は互いに少しずれていた。

「Wが二つ……ううん……」と河村が頭を抱えて言う。この数日間ずっとこのWに悩まされてきたのだから、唸《うな》り声《ごえ》の一つぐらい上げたくもなるのだろう。

そのときだった。

「何でだ」

祐人さんが独り言のように呟いた。不思議に思って俺が覗き見ると、明らかに祐人さんは動揺していた。

「祐人さん？」

河村もその表情に気付き、「何か分かったんですか」と聞く。

「うん」

祐人さんはゆっくりと歩き出した。何かの線を辿るように真っすぐ落書きの向こう側へと向かっていく。そっちに行っても、あるのは校庭のトイレぐらいだ。慌てて俺と河村も追いかける。

「一体どうしちゃったんですか」

俺は尋ねる。

「……一つだけ確認させてくれ」

祐人さんは時折落書きの方に目を向けながら進んでいった。そして、突然立ち止まった。

俺と河村が驚きながらもその先を覗き込むと、何故かそこには穴がぽっかりとあいている。

「……これか？」祐人さんが呟く。「……この穴が？」

「この穴？」

何の変哲もない穴だ。だが、そうは言っても、自然に出来たというには違和感が残る穴である。だいたい五十センチぐらいの深さまで掘られているだろうか。

「この穴が、一体何なんですか？」

河村も気になったのか、身を乗り出して聞いた。

「何かは分からない。でも、場所はここなんだ」

「場所？」

場所とはどういう意味なのか、と聞こうとしたその時だった。

後ろから声が聞こえた。

「ご名答」

俺たちがぎょっとして振り向くと、そこには薫さんが立っていた。

2

僕が後ろを振り向くと、さも初めからいたかのように薫が立っていた。祭りでつけていたお面は既に外されている。薫は不敵に微笑み、先ほどとはがらりと印象を変えて、闇に溶け込むように佇《たたず》んでいた。

「お前が、描いたのか？」

僕は尋ねる。

「その前に、祐人」薫は人差し指を口元に当て、「一つだけ聞かせて」と言う。「どうして、この穴の場所が分かったの？」

「……どうしてもこうしても、分かるに決まってる」

「そっか」

そう呟いた薫は、やけに嬉しそうだった。

「でも、聞かせて」

薫はあくまでも僕の言葉を待っている。だから、口を開いた。

「まず、直哉君はこれを『Wマーク』と呼んでいたけど、この落書きはWなんかじゃない」

「そうなんですか」

河村さんが食いつく。

「ああ。これは、カシオペヤ座だ」

「カシオペヤ……」

直哉君から驚きの交じった声が漏れた。

カシオペヤ座。決して地平線に沈むことはなく、どの季節であっても北の空に光る星座だ。Wに並んだ五つの星は古代エチオピアの王妃、カシオペヤの姿を表している。

「そしてカシオペヤ座は、ある一つの道しるべになっている」

「北極星、ですよね？」

「そう。北極星、ポラリス。さすが、館長の孫ってだけあるね」

答えた直哉君に薫が笑いかけた。

カシオペヤ座、Wの外側の二辺を延ばして出来た交点から、Wの三番目、つまり真ん中の山のてっぺんにある星を結び、そのまま延長させていくと、北極星にぶつかるのだ。北極星は、常に北を示す星として、古来航海や旅などで重宝されてきた。人々はまずカシオペヤ座を見つけ、それからこのやり方で北極星を探したのだ。

「Wが二個描かれていたのは、北極星、つまりこの穴の位置をはっきりさせるため。一応その交点と三番目の星との距離を五倍したところに北極星はあるけど、校庭に描かれた大きな図じゃ五倍とかそういうのは分かりにくい。だから、二つカシオペヤ座を描いておいて、それらの線が交わる位置にこの穴を掘ることにした」

「だから、二つのWの角度がずれていた……」

河村さんがなるほどと言うように呟く。

「こういうことだろ？」僕は言う。「昔と同じだ」

「そうだね」薫はやはり嬉しそうに言った。「昔と同じ」

「昔って？」

直哉君が尋ねる。

「昔、科学館の催し物でこれと似た謎を館長が出したの」

懐かしそうに薫は目を細める。だが、僕はそんな薫に鋭い視線を向けている。

「薫」

「何？」

「一体、何が目的だ」

薫は悪戯めいた笑みを変えない。

「薫さん、本当の目的は何なんですか」と直哉君も問いつめる。「祐人さん、黙ってい

てごめんなさい。本当は俺も、薫さんに手伝わされてこの落書きを描いたんです」

「……そうだったのか」

「でも、薫さんは目的を教えてはくれなかった。何でこんなものを描かせたんですか。あと、この穴は何なんですか」

薫は答えない。

沈黙は、夏の夜の空気を鮮明にする。人の輪郭が際立ち、僕らの距離がふわふわと揺れ動く中、やがて観念したように薫は口を開いた。

「私も、分かんないんだよね」

え。

「あの夜、私は直哉君と一緒にこの学校に忍び込んで、カシオペヤ座を描いた。で、直哉君にはトイレに行ってくるとだけ伝えて、一人でこっちまで来た。あらかじめ用意していたスコップを使ってこの穴を掘ったあと、そこに小さな袋を入れて、その穴を埋めたんだ」

「その袋の中身は、何だったんですか」

河村さんが一歩前に踏み込み、尋ねる。

「それがね」薫は焦《じ》らすようにこちらを見た。分かる？　と目が問いかけていた。

「それが？」

直哉君が首を傾げる。

「……私も、教えてもらってないの」

「どういうことだ」

僕が強い口調で尋ねると、薫は肩をすくめながらも答える。

「私も直哉君と同じ。乃々さんに頼まれただけなんだ」

乃々さん。思いがけない名前が飛び出した。

「乃々さんが、一つだけ厄介事を頼んでもいいかって言うから、それを引き受けたんだよ。その内容が、夜中にこの高校に忍び込んで、ある暗号とこの袋を残してきてほしい、ってことだったの」

「その袋は今どこにあるんだ？」

「それは、私にも分からない」

誰かが掘り返して持って行ったか……、と薫は首を傾げるだけである。

「でも」と声を上げずにはいられない。「このカシオペヤ座の暗号をどうして乃々さんが使うんだ」

カシオペヤ座の謎解きが科学館で出されたのはもう何年も前のことだ。今でもこれをはっきり覚えているのは、僕、理奈、春樹、薫、そして館長と乃々さんぐらいだろう。僕らに向けて乃々さんがこの暗号を描かせたなら理解出来るが、自分たち以外の誰かに向けてこのカシオペヤ座を残したとは、到底思えないのだ。

「そう、だよね」と薫も曖昧に頷いた。「私も、そこがよく分からないんだよ」

僕らは再び裏門の横にあるフェンスをよじ登り、学校から出た。

フェンスからアスファルトの地面に飛び降りると、予想よりも大きな着地音が響き、驚く。とっさに辺りを見回すが、周りに人影はなく胸を撫で下ろす。

「またそうやって辺りを見るんだから。まるで不審者」

薫はフェンスを登りながら、小馬鹿にするみたいに僕を見下ろしている。

「お前も、昔はずっとこうだった」

「そうだっけ？」

「ああ、そうだっ……あれっ？」

視界に捉えていたはずの薫がいない。

「こっちだって」

見ると、フェンスの上から声を掛けてきたはずの薫は、音もなく地面に降り立ち、僕の隣に飄々と立っている。

「うわっ、やめてくれ、寿命が縮む」

「失礼だなあ」

薫はすました顔で言ってみせる。

「お前といると、驚き過ぎて早死にしそうだ」

「薫さん、忍者みたい」

続いて河村さんが軽い着地音を響かせた。華奢《きやしや》な印象だが、そんな彼女もカメラを抱えて二メートルほどはあるフェンスの上から飛び降りている。

「そんな格好つける必要もないのに」

最後に、直哉君だけは飛び降りることなく、フェンスを跨《また》ぎ、そしてそのまま網を掴みながら静かに下りてきた。

「第一、着地音で誰かに気付かれたらどうするんですか」

そう言われると、少しバツが悪かった。

「……とりあえず誰にも気付かれなかったし、落書きの謎も解けたし良かった」

僕が安堵の声を漏らすと、「根本的なことは余計謎になりましたけどね」と直哉君が冷めた声で言った。

「だよなあ。何故か乃々さんと、あと薫まで出てきたし」

「あ、邪魔者扱い？」

薫は拗《す》ねたように、頬を膨らます。

「まさか、後ろをつけられていたとはなあ」

僕は溜息をついた。

薫が、祭り会場から高校まで僕らをずっとつけていたのだと打ち明けたときは、耳を疑った。確かに道中ではずっと誰かに見られているような気配があったが、その感覚は間違いではなかったのだ。

「でも、とにかく、私も乃々さんに頼まれただけってことは忘れないでね」

「初めから俺にも言ってくれればいいのに」

直哉君が疲れた顔をして言った。君も薫に振り回される運命にあるのか、と同情せずにはいられない。

「だって、直哉君暇そうなんだもん。だからちょっと面白い謎を出してあげたの」

「そもそも、俺がいなくてもあの落書きぐらいなら描けたはずですよ」

直哉君が責めるように言うと、薫は「女の子一人じゃ心細い」と身を縮めてみせた。

この暗闇の中、一人で僕らを尾行していた口でよく言う。

ようやく住宅街まで戻って来た僕たちは、河村さんと直哉君を家まで送っていった。

薫は玄関先に着くたび、「遅くまで連れ回して本当にごめん」と真剣に謝った。つられて自分も頭を下げる。高校生だし、お祭りだったのだからこのくらい遅くなっても大丈夫だと二人は笑っていたが、薫は冗談めかすこともなく腰を折って詫《わ》びていた。

僕らが夜道を歩く中、薫は再び真面目な口調で謝ってきた。

「祐人に、あと色んな人に迷惑かけて、ごめん」

その真剣な姿は、もはや痛々しかった。

「……別に悪いことをしたわけじゃない」

「悪いことだよ」

「でも、いいよ。薫のやることは、結局どこかで理にかなってるんだ。だから、いい」

僕は薫の言葉を押しとどめるように、そっぽを向いた。それから、薫は何も言わなかった。

「……どうして僕らに相談しなかったんだ」

ずっと疑問だった。直哉君を巻き込まなくても、落書きなら僕たちが手伝えたはずだ。

聞いてみると、薫はしばらく口を閉ざしていたが、やがてこちらを向いて言った。

「相談しようとしたよ。でも、不安だった」

「不安って？」

「……話、少し長くなるから、あそこで話さない？」

薫は道沿いの公園を指差す。

静かな住宅街の片隅にある、こぢんまりとした公園だった。あるものと言えば、小さな滑り台と砂場、それに二人掛けのベンチだけである。公園は無骨な青緑色のフェンスで囲まれていて、まだＬＥＤに替わっていない電灯で薄く照らされている。

入口の自販機で買った缶コーヒーのプルタブを開けた。僕はベンチに座り、薫はその後ろのフェンスにもたれている。

「薫もコーヒー飲むのか」

「コーヒーぐらい飲むわ」

「理奈は飲まないけど」

「酸いも甘いも、コーヒーの苦いも噛み分けないと大人にはなり切れないってのに」

そんな箴言《しんげん》めいた台詞《せりふ》に笑いながら、コーヒーに口を付ける。一息つき、僕が何から聞けばいいかを迷っていると、薫が再び口を開いた。

「直哉君は本当にいい子だよ。なんやかんや私のこと手伝ってくれるし、素直なんだ」

「あいつは強引な人間に振り回されるタイプだと思う。僕みたいに」

全くかわいそうだ、と大袈裟に同情を示すと、薫は少し笑ってくれた。

「うん。だから、私は直哉君を誘導して、高校まで祐人を引っ張り出すことにしたの」

思わず薫の方を振り向いた。薫は、手元の缶コーヒーに目を向けている。少なくとも、冗談を言っている顔ではなかった。引っ張り出すとは一体どういうことなのか、と聞く前に、薫は話を続ける。

「言いたいことは分かるよ。確かにこんな回りくどいことをしなくても、最初から祐人とか、理奈や春樹に相談すればよかった。でも、それは不安だったの。だから直哉君を経由して、祐人に落書きを見てもらおうって考えたんだ」

ごめんね、と冗談めいたウインクをしてきたが、それには取り合わず、「何が不安だったんだ？」と僕は直球で聞いてみた。

「どうして、そこまで遠回りして僕に伝えたんだ？」

そう聞くと、薫は顔を曇らせた。

「……みんな、忘れちゃってないかなって思って」

薫はぽつりと話し出す。

「私、祐人があの落書きをカシオペヤ座だって言ったとき、嬉しかった。あ、覚えてたんだ、忘れてなかったんだって。もう、それこそ何年も前の話じゃん、あの謎解きやったの」

「謎解き……」

僕は前に向き直った。

思えば、あの謎解きから十年近く経っていた。だが、僕は当時のことを鮮明に覚えている。もちろん、あのとき薫が言ったことも含めて。

「その後、私たちはばらばらになって、またこうやって集まった。懐かしいとか、久しぶりに話せて嬉しいとか、そういうのはあるけどさ、思い返せば確かに一度ばらばらになってるんだよ、私たちって。今はみんな何気ない顔してるけどさ、本当は私、すっごく怖いよ。みんなが何考えてるかが」

怖いよ。

その言葉を聞いて、僕は「すまん」と口から零しそうになる。

元はと言えば、僕と理奈の関係が崩れたのが原因だった。あの頃の僕たちは、自分の気持ちに正直になるためには大人すぎて、そのもつれをなかったことにするためには子供すぎたのだった。

でも、それでもあのとき、そして今も信じていることがある。

「四人がいれば、最強だ」

薫がこちらを向いた気がした。僕は下を向いたまま、ただ缶コーヒーを握りしめている。

これはきっと館長のイミテーションだ。根拠などあるわけがない、だって、友情に根拠などないのだから。でも、今は根拠がないことを声に出して叫ばないといけない気がした。流れ去らないように、再び忘れてしまわないように。

「そうだろ。僕らは、最強だ」

思わず声が大きくなってしまった。口を噤《つぐ》むと辺りがしんとして、こっぱずかしい。

そこに、ふふ、ふふふ、と今にも吹き出しそうな笑い声が響く。薫が口を押さえながらフェンスにもたれてしゃがんでいる。

「……何だ、その気持ち悪い笑い顔は」

「ふふ、ごめん」

薫は思い切りにやけながら答えた。

「そっか。忘れていたのは私の方だったよ」

「そうなのか？」

「うん」

薫は缶を指先で振りながら喋る。

「やっぱり、私に悩み事は似合わないね。空回りしてばかり」

そう言って残っていた中身を飲み干し、そのまま缶を投げる。缶は薄闇の中、放物線の残像を描き、ゴミ箱に美しく収まった。

そういえば理奈と何年かぶりに再会したあの夜、理奈は僕に缶コーヒーを投げ渡した。そして今は薫が缶を投げた。ならば次は自分の番だろうか。そう思い、僕も狙いを定めて缶を投げた。

カラン。

しかし、薫のように上手くはいかず、ゴミ箱の縁に弾かれてしまう。スチール缶の甲高い音が響く。

「……祐人らしいね」

「うるせえ」

冷めた視線を背中に感じながら、弾かれた缶を拾いに行く。電灯の光を撥《は》ね返す缶の黒いボディーが恨めしい。

「はあ、せっかくいいこと言ったのに」

薫が何かを呟いたが、缶を拾いに行った僕は上手く聞き取れなかった。


ジー、と蟬が鳴きだした。その音は昼間だと随分と煩《わずら》わしいものだが、夜に聞くと心の寂しい空白を埋めてくれるような気がして、どこか心地よい。僕らは相変わらず公園にいて、深夜の外気の下で物思いに耽っていた。

「祐人は悩み、何かある？」

唐突な問いだ。聞いてきた薫はベンチの裏のフェンスにもたれながら、公園の木々をぼんやり見上げている。

「うーん」と少し唸り、「あったけど、もう吹っ切れたかも」と答えた。

「それはそれは。花火のときに祐人と理奈を二人っきりにした甲斐《かい》があったよ」

「なっ」

何故そんなことを、と思ったが、薫がしてやったりの顔でこちらを見たので、つい笑ってしまう。こいつには全てお見通しのようだ。

橋の上で理奈と話したあのときから、ずっと悩んでいた。いや、胸の奥底に仕舞い込んでいただけで、その前からずっと悩んでいたのだと今は思う。

ずっと宇宙に憧れていた。でも、それを諦めた。目を逸らした。

『諦めたよね』

そう言われた。図星だった。

理奈は真っすぐ夢を見ていた。夢というのは、ふわふわした、素敵なものなんかじゃない。もっと苛烈で、容赦のないものだと、僕は理奈を見て思った。大変なことばかりで、それが報われる保証なんてどこにもない。それでいて、いつまでも付きまとう。忘れられるのなら、それはきっと夢じゃない。

僕は後悔していた。諦めたことをずっと後悔したままなのかもしれない、とも思っていた。そして、その後悔をどうすればいいのか分からなかった。

でも、大人になるとはそういうことかもしれない。誰もがそうやって傷を抱えながら、それでも自分を信じて前に進んでいるのだった。

自分なりに、宇宙に向かって手を伸ばそう。そう思った。宇宙を嫌いにはなりたくなかった。

「……祐人はもう大丈夫みたいだね」

気付くと薫が笑っている。その微笑みがどこまでも優しいから、少しだけドキッとした。そして、それと同時に理奈の姿が脳裏をよぎった。

　花火を見ながら、理奈は泣いていた。ぽろぽろと涙が零れていく姿を見ているのが辛くて、僕はただ頭を撫でることしか出来なかった。

「理奈に悪いことしちゃったのかな」

「うん」

「即答かよ」

「だって、祐人がもっと賢くて理奈の前に立って歩いていれば、あんなに迷ってなんかいない。そもそも別れてすらいない。中途半端に彼氏面して慰めなくても、堂々と寄り添えた」

「辛辣すぎないか」

「あれ、彼氏面とかそんなんじゃねえって否定しないの？」

　茶化すように薫が言った。

「それは」

　それは図星で、どう言い返せばいいか分からなかった。

「……自覚はしてる」

「そっか」

　あっさりと薫は言った。それが薫のいいところで、昔と変わっていなかった。

「私はね、たまに理奈がどうして悩んでいるか分からなくなる。あの子は、私たちが簡単に通り過ぎてしまうところでつまずいたりするんだ。自分の気持ちに真っすぐだから。自分の気持ちを、絶対曲げないから。そんな理奈が、私は大好きなの」

薫は「大好きなの」ともう一度呟く。

「多分、私たちは自分を誤魔化してばかりなんだ。大切なものに、簡単に目を閉じてしまう。だから、不器用でも、何も誤魔化さずに一つずつ乗り越えていく理奈が、一番正しいの」

「……正しく生きるのは、大変だ」

「何その感想」

薫は笑う。でも、否定はしない。やっぱり、真っすぐ生きるのは大変だ。それでも、僕らは『それでも』と踏ん張って生きていくのだ。

「頭がどれだけ良くても、いや、頭が良いからこそ人は悩み続けるんだよ。迷うのが人間だし、懊悩《おうのう》するのが人生だから」

軽口を叩くように、裏表のない口調で薫が言った。大切なことほど、こうやってぽろりと言葉になるのだと思った。

「祐人、科学館の窪んだフェンスって分かる？」

金網に指を掛けて背中を反らすようにしながら、これまた唐突に薫が言う。

「あれのことか？」

あの、やたらと腰にフィットするフェンスのことか。

「そう、それそれ」

「いや、あれとしか言ってないけど」

「多分合ってるって」

「……そのフェンスがどうかしたのか？」

「中学生の頃さ、科学館で観測会だって言ってみんなで夜に集まってたじゃん」

「あったな。懐かしい」

「それでさ、私、一回日にちを間違えて科学館に行っちゃったことがあったの。夜の遅い時間に。もちろん誰も来てないからすぐに気付いたんだけど」

「……それで？」

「その後に、ガシャンって音が聞こえたんだ。怖くて、でも怖いもの見たさに恐る恐る音がした方に近づいていったらさ、館長がそこにいた。何度も何度もフェンスを蹴ってた。顔は見えなかったけど、すごい怖かった。二分ぐらい続いたかな。私は見ちゃいけないものを見たって思って、ずっと木の陰に隠れてた。館長は私に気付かずどこかへ行ったんだけど、あれは、今でも忘れられない」

唖然《あぜん》とした。

「……そんな話、初耳だぞ」

「当たり前じゃん、今まで誰にも言わなかったし」

「何で館長はそんなことをしてたんだ」

「分からない。でも、でもさ。館長も何かに悩んでたのかなって思った。もしかしたら、乃々さんに頼まれた落書きもそれと関係があるのかなって思ったの」

「だから、落書きを引き受けたのか？」

「うん」

驚きを引きずって何も言えなかった。しばしの沈黙の後、薫が言った。

「科学館は八月いっぱいで閉まっちゃう。あと一週間とちょっとでね。だから、もしかしたら、私たちの知らないところで乃々さんも焦ってるのかな、悩んでるのかなって思ったんだ」

何となく、我に返った気がした。科学館が閉館する。終わりが目前に迫っている。

『懊悩するのが人生だから』

薫の言葉を思い返した。悩みは、必ずどこかで決着をつけなければいけない。そういうものだ。あの落書きで何かが決着したのだろうか、そんなことをふと思った。

3

ああ、何でだ。こんちくしょう。

「うわっ」

エンターキーを叩く力がいつの間にか強くなっていた。いつもはタンッと軽く響く音が、キーボードを壊してしまうのではないかと思うほど鋭くなったあたりで我に返った。

窓は本棚でほとんど隠されてしまっているから、部屋を照らしているのは、蛍光灯の無機質な光だけだった。昼下がりの大学の一室、私は自分の属している研究室にいた。学生たちの机にはそれぞれのパソコンが並び、様々な資料が散乱している。

私は、朝からずっとプログラミングに苦戦していた。それにしても、なかなか思うように動いてくれない。

溜息を一つついて、わずかに見える窓の外へと目をやった。

花火大会から数日が経っていた。あの日以来どうにも頭が上手く働かない。まあ、理由にはとっくに気付いているが。

窓の向こうには抜けるような青空が広がっている。私は祭りの水飴を思い出した。未来は水飴のように透明で、変幻自在だと子供の頃は思っていた。けれども、実際はどうなんだろう。水飴は少しずつ固まって、いつしか形が変わらなくなる。透明な未来の中でいつの間にか私は身動きが取れなくなっている。

この研究室にもそんな水飴が薄く広がっているのではないか、と疑ってみたが、そんなものは見えない。

というか、私は何をしているんだ。

これではいけないと思った。リフレッシュがてら、もう一つ頭に横たわる問題を解決しに行こうと席を立つ。


大学の中でも殊更《ことさら》に古びた建物の、ある研究室の前に私はいた。扉は随分と古めかしく、一見すると、本当に使われている部屋なのか確証が持てない。

何故こんな場所にいるかと言えば、人工衛星『よあけ』に関する情報を集めるためだ。ネットで『よあけ』に関する情報を一通り探したが、館長に関連するものはどこにも見つからなかった。論文などを当たってみないと詳しいことは分からなさそうだったので、私の研究室のつてを頼り、この大学内で一番それらしい情報を持っている研究室を見つけたのだった。

ノックをして中に入る。部屋には埃《ほこり》が漂い、カーテン越しに窓から差し込む光と相まって、時間が止まった場所のように感じた。

「失礼します、先ほど連絡した倉木《くらき》ですが」

「あ、はいはい」

呼びかけると部屋の一画から少し擦《かす》れた声が聞こえた。小柄なおじいさんがもぞもぞと出てくる。おそらくはこの研究室の教授だろう。

「あなたが噂の倉木さんかね。いや、よく出来る子だとは聞いているよ」

「……ありがとうございます」

別に褒められるのは嫌いじゃない。でも、今は褒めないでほしい。

確かに、よく勉強が出来る、と褒められることはあった。でも、私はそんなことどうでもよかった。別に、褒められるためにこうやって学んでいるわけではない。そうやって、しっかり自分を慢心させないようにしてきたはずだった。

それでも、今は何のために学んでいるんだろう。私は宇宙のことを追っているつもりだった。でも、どうやら祐人のことを追っていたみたいだった。こうやって、すぐに勘違いしてしまう私は今何を追っているんだろう。もしかしたらずっと誰かにおだてられ続けてここまで来たのかもしれない、と自分を疑ってみると怖くなった。

教授は私を褒める言葉を、構うことなく並べ立てる。私は引き攣るように笑っている。

「それで、どうしてあの衛星なんかに興味を」

唐突に質問をされて、「少し、興味がありまして」と返した。

答えになっていない返答だが、そんなことはどうでもいいらしく、その教授は一冊の黄ばんだ紙バインダーを差し出してくる。

「大まかなことはこれに載っておる。返すのはいつでもいいから」

「ありがとうございます」

ぺこりと頭を下げて、部屋を出た。早くここから逃げ出したかった。

回廊を戻りながら、バインダーを見る。かなり分厚くて、年季も入っているので、気を付けないと表紙の紙が破れてしまいそうである。表には『よあけ計画』とだけタイトルが記されていた。

バインダーを開いて、中を見てみる。どうやら企画案や設計図など、様々な書類が挟まっているようだ。ペラペラとページをめくっていくと、ある一か所に目が吸い寄せられた。

プロジェクトチーム、スイングバイチーフ。

そこに、館長の名前が載っていた。

『……地球とのスイングバイで予定の推進力を得ることが出来ず、観測計画が大幅に遅れる。……』

春樹の部屋で見た文を思い出した。

私は誰もいない回廊で立ち止まり、他のページをめくる。

ページをめくる手が速く、そして荒くなった。ガサッという古い紙特有の音が耳に響く。あるページで私は手を止めた。見覚えのある文章だった。そのページを丁寧に読んだ。

静かにバインダーを閉じる。鼓動が速くなっている。

ピコッピコッ、という電子音、それも今時耳にしないアナクロな音だけが、部屋に響いている。狭い部屋の中には男が二人並んで座り、それがまたむさ苦しい。部屋の片隅に置かれたテレビ画面の中では、ドットで構成された二機の宇宙船が飛んでいる。

「昼間からゲームとはいいご身分ね」

「今日は定休日だ。てか知ってるだろ」

むすっとした声が春樹から返って来る。

「あ、理奈さんこんにち、あああー……」

直哉君が途中で叫び声を上げた。何かと思えば、直哉君の動かしていた宇宙船が敵に撃ち落とされたのだ。ヒューン、とやけに甲高く軽い音と共に画面外に消えていく。

「そこはこうやって避けないと」

一方で、春樹の操作する機体は、敵機の弾をすいすいと避け、また撃墜していく。

このシューティングゲームは、子供の頃から春樹の家にあった。この家に上がり込んだとき、よくやっていた物なのだが、それにしてもこんな古いゲームがよく動くものだと驚く。

春樹の機体がこの面の最終ボスに辿り着いた。敵が放つ隙間なき弾幕をかいくぐり執《しつ》拗《よう》に攻撃を加えていると、やはり甲高く軽い音と共にボスは画面外に消えていった。

「まあ、こんなもんよ」

「相変わらず器用だね」

「で、話ってなんだ」

春樹がコントローラーを置き、先ほどまでとは少しだけ違う声のトーンで言った。私もここに来た本来の目的を思い出す。

とても研究室で作業を続ける気にもなれず、大学で春樹に電話を掛けた。「館長のことで話がある」とだけ言うと、今日は定休日だからうちに来いと快諾してくれた。

また、直哉君を呼ぼうと言ったのも春樹だった。私は正直なところ、この事実を伝えてもいいのか、と迷った。だから、館長の話を知りたいなら来てほしい、とだけ伝えてもらった。直哉君は結局春樹の家を訪れた。

「これを見てほしいの」

私は大学で借りたバインダーをカバンから取り出して開く。プロジェクトチーム、スイングバイチーフの項目だ。それを見て、やはり二人も黙った。

「この名前は館長だよな」

「うん、多分ね」

直哉君は黙って、その名前から目を動かさない。

「直哉君は館長の前の仕事とか、そういう話、聞いたことあった？」

私は尋ねてみるが、

「……いや、何も知らないです」

まったくの初耳だったのだろう。その目はバインダーに釘付《くぎづ》けになったままだ。

「つまり館長は昔、『よあけ』のプロジェクトに関わる仕事をしていた。だから『よあけ』の資料を持っていてもおかしくないってことか」

「それだけじゃない」と私は言う。そして、バインダーの別のページを開く。

あっ、と直哉君が声を上げた。

そこには、あの館長のファイルに挟まっていた、渦巻の矢印が描かれた図があった。

「この下の文を読んでみて」と私は促す。

『……今回のスイングバイ加速飛行、第一の失敗原因は、燃料バルブの開放不良によるものだった。燃料の逆流を防ぐために設置されたものだったが、設計時のシミュレーション計算のミスにより燃料の圧力にバルブが耐えられなかったことが原因ではないかと推測される。細山正教授を中心としたチームの軌道修正により再度スイングバイ飛行が試みられ、三度のスイングバイによって「よあけ」は再び太陽へと向かい始めた。だが、予定外の長期間飛行により故障が相次ぐ。……』

「計算ミス一つでさえ劇的に人生を変えてしまう、か」

春樹が言ったのは、どこかで聞き覚えのある台詞だった。

「こんなことがあったんですね」

直哉君は口元に手を当てたまま、ぽつりとそれだけ言った。

私たちは途方に暮れる。時間だけが過ぎていく。

今まで知らなかった館長の過去。これが原因で館長は仕事を辞めて、科学館へと来たのだろうか。私たちは館長の宇宙への愛を知っている。その思いを知っている。

春樹が腰を上げ、ベランダへと出て行った。

ポケットからタバコを取り出し、口に咥《くわ》える。ライターで火がつけられ、春樹の鼻から白い煙がもわっと出てきた。

「たったの六分間だ」

ガラスの向こうからそんな声が聞こえた。そこで、ベランダのガラス戸が閉まり切っていないことに気付く。

「一体何が？」

直哉君がそう聞くと、春樹はたっぷりとタバコを吸い、煙を吐き出してから言う。

「このタバコが燃え尽きるまでだ」

「それで？」

私は、春樹の言葉の意図が分からなくて、聞き返した。

「ロケットの燃料が燃え尽きる時間、あれも六分なんだ」

あっという間だろ、と春樹は笑う。六分。タバコをくゆらす間の六分。何故だか、タバコの火が点《とも》る先端から目が離せなくなった。

「俺、昔は宇宙飛行士になりたかったんだよ。ずっとなりたいなあって憧れてた」

聞いたことのない話だった。

「俺がタバコを吸ってるこの六分間で、宇宙に行くことだって出来るはずだ。確かに、行けるはずなんだ。でも現実はそこまで上手くいかない。こうやって挫《くじ》かれることもある。憧れが憧れのままであり続けるのは難しいんだ。館長も、俺も、誰でも」

春樹が再び煙を鼻から出した。発射するロケットから放たれる真っすぐな白煙には、さすがに見えない。

タバコの先端がどんどん灰に変わっていく。その六分間が過ぎていく。

カチャカチャとコントローラーを動かす。もう何年もやっていないから、手つきは随分と覚束《おぼつか》ない。隣には直哉君が座り、こちらも十字キーを弄《いじ》っている。

この状態で何をすればいいのかと考えあぐねていたときに、床に投げ出されたコントローラーが目に入ったので、何とはなしにそれを手に取った。

最初の面はまだ簡単で、宇宙船はすいすいと進んでいく。

「アイテム、落ちてるよ」

「知ってるし」

後ろで回転椅子に腰掛けているのは春樹だ。「そっちは敵が多い」だの、「無駄撃ちはもったいない」だの、細かく口を出してくるのが全く偉そうである。

「こんぐらい簡単に宇宙まで飛んでくれれば苦労しないのに」と春樹が愚痴をこぼす。

「それじゃあ、ロマンがないでしょ」

「でも、ロマンだけじゃ衛星は飛んでくれないんですよ」

直哉君が言った。と同時に、鮮やかな射撃で敵機を撃破していく。

「結局、現実との兼ね合いじゃないですか。衛星はたまたま飛ばなかった。そういうことです」

「随分サバサバとしてるもんだ」

「こうやって割り切らないと、何かに嵌《は》まっちゃいそうな気がするんですよ。ほら、多感な高校生なんで」

「それ、自分で言っちゃうかなあ」

私は笑う。その軽口は、ちゃんと笑い飛ばしてあげなきゃいけない、そう思った。過去はどうにもならない。ましてや他人の過去なんて。

少し暗い気持ちになっていると、目の前に敵機が迫っていることに気付く。ぶつかるかと思ったところで、私の機を庇《かば》うように、直哉君がその敵を撃ち落とした。

「それに、じいちゃんがいつも宇宙を見ていたってことは科学館での姿から分かるし、衛星の話があってもそれは変わらないですから。過去は、変わらないんです。それって、きっと誇れることですよ」

直哉君は、よっ、と声を出しながら宇宙船を操作していく。

「そうだな。館長は館長だ。変わらないよ」

春樹が頷き、「そこ、アイテム取り逃がすなよ」と再びお節介を焼きだす。

変わるものもあるけど、変わらないものもある。こうしてこの部屋でだらだらゲームをすることも、そんな変わらないものの一つだ。

「春樹も、その偉そうな感じは変わらないしね」

そう言うと、むすっとした声で「うるさい」と返って来る。

再びポチポチとシューティングゲームを続けていると、「あ」と直哉君が声を上げ、

「そういえば、さっきの名前、こないだ理奈さんから聞きませんでしたっけ」と呟いた。

「さっきの名前って？」

「あのレポートに載ってた細山って人です。細山、ええっと……」

細山？　そう思い、先程の文章を思い出してみる。えっと、確か、『……細山正教授を中心としたチームの軌道修正により再度スイングバイ飛行が……』。

「細山、正」

「そうそうそれです……って、理奈さん、機体、死んじゃいますよ」

だが、その宇宙船が動くことはない。私がコントローラーを落としてしまったからだ。画面の中の宇宙船が、あの甲高い音でやられて、画面の外に消えていった。

「それって……」どうやら、春樹も思い出したらしい。「細山正……って細山先生？」

春樹が瞬間的にバインダーを手に取った。ガサガサと中をめくってプロジェクトチームのメンバーが載っているページに辿り着くと、『細山』という文字を探し始める。

「漢字は……一緒だ」

私が覗き込むと、春樹の指差す先には『細山正教授』という文字がある。

細山正、それは、私たちに物理を教えた先生だ。几帳面で、名前の通り細かい人だった。物理学にかなり精通していて、私が高校の内容を超えた質問を持って行っても答えてくれた。まるで、元々は研究者だった、かのように。

「細山先生の口癖、覚えてるか」

春樹は口元に手を当てたまま、バインダーから視線を動かさずに言った。

「『一つの計算ミスが、一生のミスになる』だ」

4

田んぼの上を通り過ぎた生温《なまぬる》い風が、教室に入ってそのまま抜けていく。先生の声もその風に乗って流されてしまう。んなわけないか。今日も今日とて夏期講習である。

教室がまどろみに包まれる中、俺は昨日のことを思い出していた。じいちゃんの昔の話だ。そんな話、俺は聞いたこともなかったし、てっきりずっと科学館で働いていたのだと思っていた。でも確かに、じいちゃんは自分の経歴を語ろうとしなかった気がする。

「お前、何かあったのか?」

授業が終わると、浩一郎が話しかけてきた。

「ちょっとだけ、アンニュイな気分でさ」

「そんな話はどうでもいい」

「え」

どうでもいい、と一蹴され、回想は遮断された。

「後ろを向いてみな。ゆっくり、ゆっくりだぞ」

浩一郎は呆れた顔で言った。訳が分からず、言われた通りに後ろに目をやる。

体が凍りついた。

河村がこちらを睨んでいた。それも、いつもの不愛想な顔や、最近見せる照れ隠しのようなものとはレベルが違う。あれは、冗談でも他者に向けてはいけない類の目だ。

慌てて視線を戻すと、浩一郎が引き攣るように笑っている。

「な」

「な、何だあれ」

「それはこっちが聞きたいよ。彼女の機嫌をあそこまで悪くさせるって、どういうことなの？」

「だから、彼女じゃねえ」

俺は覚悟を決めて席を立ち、もう一度後ろを振り向いた。河村の目はすでにこちらから逸らされている。しかし、ものすごく不機嫌なオーラが漂っていた。俺は体を後ろに向け、その吹き飛ばされそうなオーラにも負けずに突き進む。

河村の前に立ち、尋ねた。

「どうした」

河村は不愛想な顔つきでこちらを見る。やはり睨まれるが、それに耐えて返事を待っていると、何故かがばっと机に上体を伏せてしまう。

「忘れて」

という小さな声が聞こえた。

「……何を？」

「あの日の夜のこと」

「あの日って……花火大会？」

「い、色んなこと、ペラペラ話しちゃったから、忘れて」

そう言うと、顔を紅潮させて再び机に突っ伏してしまう。ああ、河村がいつもより多弁になっていたときの話をしているのか、とようやく納得した。

「恥ずかしがることじゃないと思う」

そう言ってみるが、河村は微動だにしない。

「もっと、堂々とすればいいよ」

「……出来ない」

「じゃあ、それでもいい。でも、河村がいい写真を撮ろうとするのは、別に恥ずかしいことでも何でもないから」

それだけは伝えたかった。河村は素敵な写真を撮ることが出来る、一体どれだけの人がそのことを知っているのだろうか。

「……分かった」

消え入るような声で、俯いたまま河村は答えた。俺は「うん」と、頷いた。

「あのさ」しばらくの沈黙のあと、ようやく河村が体を起こした。「もっと詳しい話、聞かせて。落書きのこと、館長さんのこと」

今度は真剣な目つきだった。河村は、じいちゃんのことも、薫さんのことも詳しく知らない。もちろん、俺が落書きを手伝った、あの夜のことも。

「うん」

俺は頷き、すべてを話し始めた。


「つまり、その乃々さん、直哉君のおばあちゃんが落書きの理由を知ってる、ってことだよね」

俺が一通り話し終えてから、河村が尋ねた。

「薫さんがそう言ってたからな」

「校庭には袋が埋められてた」

「それが何かは分からない」

「でも、誰かがその袋を持って行ったんだよね？」

「だな。あの落書きの意味に気付いて、埋められた袋を見つけた」

「じゃあ、校庭に落書きが描かれたのは、学校にいる誰かにそれを見せたかったからじゃない？」

河村が、俺を上目遣いで見た。その不意打ちのような視線に慌てて俺は顔を背ける。仕方がない、俺も世間一般の男子高校生と同じく、女子にはめっぽう弱いんだから。

が、それとこれとは別だ、と目を逸らしたまま考える。言われてみれば、河村の意見は理にかなっている。あの落書きが大衆に何かをアピールするためではなく、あくまでもある個人へのメッセージなら、おそらくその人物はこの学校の関係者だ。

「先生、かな」と俺は推測した。

「何で?」

「多分、その袋を見つけた人間は落書きが騒ぎになる前に学校にいたはずだ。つまり、生徒よりも早く学校に来ている先生に向けられた暗号だった、それなら説明がつく」

「それ、違うと思う」

あっさり否定されたので俺は眉をひそめる。

「だって、先生のうちの誰かに宛てたものでも、もし他の先生が先に落書きを見て騒ぎにしちゃったら上手くいかない。きっと、先生たちが来る前に、もう袋は回収されてたんじゃないかな」

確かに、先生にメッセージを伝えるのならこれは不確実だ。それに、先生という立場上、落書きが見つかってしまってから、自分と関係があると言い出すのも難しいと思う。

「なら、用務員さんならどうだろう」

ふと思いついたことを言ってみた。用務員さんなら先生たちよりも早く学校に来ているかもしれない。

「それ、いい線いってるかも」

河村が再び上目遣いで頷いた。

その時だった。

「あんたらさ、付き合ってんの？」

教室の隅から、下品な、少なくとも癪に障《さわ》る笑い声が響いた。男女が群れている。その中心には田上亜希子がいる。

「河村、随分こいつと仲良さそうじゃん。誰とも喋らないし睨んでばかりのくせに、なんでこいつとだけは楽しそうに喋ってんだよ」

河村が睨んだ。あ、やっぱそういうこと？　と連中が笑っている。

一体何なんだろう。

人の心に土足で踏み込み、荒らすだけ荒らして去っていくことに、どれだけの価値があるのだろう。どうして、そういうことをするんだろう。

誰にだって、自分なりのやり方がある。確かに河村は他人と話すのが苦手かもしれない。一人で籠りがちだし、何を考えているかも分かりにくい。ただ、彼女のファインダーの先に映る景色は明確に世界を捉えている。河村は、必死にこの世界を見定めようとしている。何も知らない他人の声に邪魔されながら。

「行くぞ」

俺は彼らを一瞥し、自分の席へ戻って荷物を纏めた。浩一郎が心配そうにこちらを見るが、それには苦笑いで返した。

「え、否定しないの？　マジ？」

「あいつ、何考えてるんだよ。直哉もおかしいぜ」

男子たちからは軽薄な言葉が飛んだ。きっと彼らにとって、河村はどうでもいい人なのだろう。どうでもいい人を、どうでもよくないように仕立て上げる、そういうことが好きな連中だった。

「別に付き合ってなんかいない」

そんな大層なもんじゃない。たまたま自分が河村のことを分かった気になっているだけだ。

「こいつは、お前らよりもよっぽどすげーよ」

こんなことを言っても伝わらないだろうな。そう思いながら、目を合わせずに彼らの前を通り過ぎて教室を出ると、その後ろから河村も廊下に出てきた。

廊下を少し進んだところでふと後ろを振り返ると、河村は何故か荷物を廊下に置いている。

「どうした？」

「ありがと」

唐突に感謝され、俺は思わず固まってしまう。河村はどこか恥ずかしそうに笑っている。初めて見た表情だった。

「忘れてたこと、あったから」

河村はこちらに背を向けて、いま歩いて来た廊下を戻っていく。俺は、何故か河村がそのままどこかへ行ってしまう気がして、その姿を追いかけた。

河村は俺が追いつく前に教室へ入っていった。中を覗くと、教壇の上で河村と田上が向かい合っている。

「何よ」

田上に言われても河村は動じず、無言で睨み返している。いつもの不服そうな目をしていた。

「な、何か言いたいことでもあるの？　なら、その口で言ってみればいいじゃない」

「別にない」

ゴンッ。

時間が止まったような気がした。

田上がゆっくりと崩れ落ちる。

河村の右腕は左に振られている。軽いスイングだったが、ビンタのような軽い音ではなく、骨と骨のぶつかる音がした。

田上は尻もちをつき、殴られた頰を押さえて呆然としていた。

「行こう」

河村はドアの前で立ち尽くす俺の手を取り、教室の外へ駆け出した。

世界は変わる。

その足取りは軽く、それでもしっかりと床を踏みしめている。

「殴ってぶっ飛ばせる敵の方が、遥かに珍しい、そうなんでしょ」

走りながら、息を切らしてもなお河村は言う。

「なら、まずはそんな奴らからぶっ飛ばそうって、思ったんだ」

俺は河村に手を引かれながら、階段を下りていた。繋がれた右手が、少しだけ熱かった。

「おい、どこに行くんだよ」

「逃げる」

「何で」

「あいつら、絶対追ってくる」

田上を拳で殴る、というとんでもないことをしたその勇気はすでにどこかへ飛んで行ってしまったようで、河村はもう泣き出しそうな声で言った。

「どこに逃げるんだよ」

「どこか」

俺は走りながら、はあ、と溜息をついた。河村の秘められた無鉄砲さには驚きもするし、呆れもする。

でも本当は、尊敬している。反対に自分の無力さが嫌になる。

「どっかに隠れるぞ。お前、男子に追いかけられて逃げ切れるのかよ」

俺は階段を二段飛ばしで下り、河村の前に出た。今度は河村の手を俺が引く形だ。上履きを替えることも忘れて外に飛び出し、隠れる場所を探した。

体育館前にたまたまゴミを積んだリヤカーが停まっていたので、俺たちはそこに身を隠すことにした。体育館の壁とリヤカーに挟まれるようにして、小さく丸まり座る。ここなら下駄箱前の様子も見張ることが出来るので、田上たちが外に出てくればそれも分かる。

リヤカーはちょうど木の影に入っていた。そのおかげで俺たちも直射日光を免れている。

「ごめん」小さな声で河村が言った。「私のせいで、直哉君も、こんなことに」

「別にいいよ」

「よくない。私のせいであいつらに絡まれた」

河村は申し訳なさそうに肩をすくめた。

「じゃあ、これでチャラにしよう」

「え？」

「河村に落書きの濡れ衣を着せたこと、これでチャラ」

思えば、あれがすべての始まりだった。

「……分かった」

河村がくすりと笑う。

「それにしても、まさか殴るとは思わなかった」

しかも平手ではなく、グーで。

「驚いた？」

「うん」

「でも、いつかあいつらを殴ってやろうってずっと考えてた。ずーっと」

穏やかなそよ風が吹き、河村は優しく目を細めた。

きっと、河村はずっとそうやって考えていたのだ。この「ずっと」は、それこそ中学生とか小学生とかそういう頃に遡ってしまうほど長いものなのかもしれない。「あいつら」

は姿を変えながらも、河村の周りに常にいる。あの鋭い視線はそんな中で積み上げられてきた怒りそのもの、そして、河村が重ねてきた諦めの全てなのかもしれない。

「私、何かを変えたいってずっと思ってた」

風に揺れる木漏れ日が、河村の髪をきらきらと照らす。

「あいつらをぶっ倒してやりたかったし、それより誰かと話せるようになりたかった。でも、私は喋らない奴だ、何考えてるか分からない奴だって思われてるのを知ってるから、何も出来なかった」

河村は少しだけ俯いて、笑った。

「でもね、直哉君は謝ってくれた。私が濡れ衣を着せられたってことを知って、この私にわざわざ謝ってくれたの。私を知ってる人が犯人なら、絶対謝ってはくれなかった。だって、私は何を考えてるかよく分からない奴だから。みんな距離を置きたがるから。でも、直哉君は、私の考えてることなんてどうでもいいみたいだった。そのときね、直哉君となら話せるかもしれないって思ったんだ」

俺は河村を見た。そんなことを河村が考えていたなんて、これっぽっちも思っていなかったのだ。

河村はもがいていた。ここにいちゃいけない、と。前に踏み出そう、と。言い訳せず、真正面から自分自身にぶつかっていた。

これまで河村に、ましてや周りに強い興味を抱かなかった俺だったから、常に周りに敏感だった彼女に話しかけられた。

皮肉だな、と思った。

河村がこちらを向いた。目が合い驚くが、何故か目を逸らせなかった。

「少しは、私、変わったかな」

それは、疑問ではなかった。不安を呑み込み、力強く確認する作業のようだった。河村は視線を前に戻す。俺は口を開いたが、言葉がそれに続いて出てこない。

やはり、木漏れ日がちらちらと揺れていた。


俺たちは静かにそのときを待っていた。そして、

「来た」

蟬の声が響く中、俺はぽつりと言った。

リヤカーの陰から慎重に向こうを見ると、田上たちが下駄箱前で群れているのが分かる。俺たちは息を殺して彼らの様子を窺った。

「お前ら、何してんだ」

唐突に上から言葉が降って来た。思わぬ方向からの声に体をびくりと震わせて振り向くと、灰色の作業着の用務員さんが立っている。先日話しかけてきた用務員さんである。

どうやら向こうもそれに気付いたらしく何かを言いかけたが、河村が人差し指を唇に持ってきて、必死に「しー」のジェスチャーをしている。用務員さんは怪訝そうな顔をしながらも口を閉ざした。

「あの下駄箱前の奴らに追われてるんです」

俺が小声で説明すると、用務員さんは「はあ」と納得いかない顔で田上たちを見る。そして面倒くさそうな顔をしながら、「ちょっと待ってな」と向こうの方に行ってしまった。

俺たちが、何をするんだ、と顔を見合わせながら事の成り行きを見守っていると、用務員さんは田上たちに話しかけた。いきなり話しかけられた田上たちからは「は？」とかそういう言葉が聞こえたが、用務員さんはまるで動じない。それどころか何かを続けて喋っているようである。

しばらくすると田上たちは表門の方に走り出していった。そして、用務員さんは意気揚々とリヤカーまで戻って来る。だが、俺と目が合うと、再び面倒くさそうな顔をした。

「あっちに逃げたって言っといた。これでいいだろ。じゃあな」

俺たちが隠れていたリヤカーを引いて、そのままどこかへ去ろうとする。俺は用務員さんを引き止めるように尋ねた。

「あの、何があったとか聞かないんですか？」

「……大体誰にだって何かしらこじれたものはあるだろう」

用務員さんは、まるで自嘲するように答える。

だから、その返事に何か引っかかるものを感じた。俺は、『その落書きに深い意味はねえよ』と、校庭で用務員さんが言ったときの、訳知り顔を思い出す。

『用務員さんならどうだろう』『それ、いい線いってるかも』

先程、そんな会話をしたばかりだった。

「それに、高校生の追いかけっこなんて日常茶飯事だ。こんな年寄りでも、俺はこの学校の先生だったんだよ。お前らよりは高校生に詳しい」

この学校の先生だった。この言葉を聞いて、尋ねずにはいられなくなった。

「……あの落書き、描いたの俺です」

用務員さんがぎろっとこちらを向いた。突然の告白に河村も驚いたのか、「え」と声を漏らす。

「暗号はあなたのためのものだったんですか」

用務員さんは、探るような表情でこちらを見る。

「どういうことだ」

「あなたは、細山さんですか」

「……ああ」

用務員さんは頷いた。

初めて入った用務員室は、学校にあるどの教室とも趣が異なっていた。広さは教室の三分の二程度、部屋の端には給湯器やシンクが付いていて、また工具や掃除用具が綺麗に並べられていた。かと思えば、机の上には乱雑に雑誌が積み重ねられていたりもする。隅には灰皿も置いてあった。奇妙なバランスを保ちながら、色々なものが部屋に収まっている。

「まあ、取り敢えず座れや」

話をしたい、と俺が伝えると、細山さんは了承して、俺たちをこの部屋に招いた。河村がおずおずと椅子に腰を下ろすのを見て、こちらも変な緊張を覚えながら座る。

細山さんは木で出来た作業台に腰掛けた。名前のように細身で、短く刈られた白髪が印象的だった。

俺は、自分が科学館の館長の孫であることを伝えた。すると、細山さんは少し項垂れるようにして、「なるほど」と呟いた。

作業着姿で用務員室に入っていくところを見かけたことがあるので、てっきり用務員さんだと思っていたが、聞けば、細山さんは定年後も学校に残り、ボランティアとして、若手教員の指導を行ったり、校内の清掃や行事の準備などの仕事も手伝っているのだという。

「それで君は？」

細山さんが河村に尋ねる。

「あ、私、直哉君の、あの落書きの意味を考えてもらってました」

「俺と一緒に、その……」

途中で黙ってしまった河村の言葉を継いだ。

「確かに、落書きを描いたのは俺です。でも、俺はあれを描いてほしいと頼まれただけで詳しいことは何も分からなかった。だから、その理由を探していたんです」

「そういうことか」

細山さんは軽く頷き、再びこちらを見る。

「どうせ、乃々に頼まれたんだろ？」

「……そう、なりますね」

俺がこの前ようやく知ったことを、細山さんは一瞬で言い当ててしまった。あっけにとられていると、「人が働いてる学校に落書きをするなんて、そんな無茶苦茶なことを思い付くのは乃々以外にいないだろう」と呆れたように笑みを浮かべた。

「何で俺のために暗号が描かれたって分かったんだ？」

「あの暗号は、強いメッセージだった。だから、あれがカシオペヤ座のことだと気付くことが出来る、誰か一人のためだけに描かれたものじゃないか、そう思ったんです」

「じゃあ、その一人がどうして俺だと思った？」

「この学校で教師をしていた細山という人が、ある問題でじいちゃんと関係していた、そのことを知ったんです。学校という場所に落書きが描かれたということは、そのメッセージは学校の関係者に向けて描かれたと考えるのが筋だ。だから、細山さんに関係しているんじゃないかと思いました」

「俺が細山という名前だと、知っていたのか」

「いいえ。ただ、落書きを前にしたときの反応が怪しかったのと、もともとこの学校の先生だったという言葉が気になって、たまたま」

「たまたまで気付かれたのか」と細山さんは頭を掻く。

「あの、乃々さん、つまり直哉君のおばあちゃんとのご関係は？」

　河村がそう尋ねると、

「俺と乃々、あとあいつ、……館長は幼馴染だった。いや、悪友とでもいうか、とにかく古い仲だ」

　思わぬ三人の接点に、俺は驚いた。

「乃々は元気か」

「はい。ぴんぴんしてます」

「だろうな」

細山さんは昔を懐かしむように笑う。

「埋められていた袋には、何が入っていたんですか」

俺は一番疑問に思っていたことを聞いた。

「招待状だよ」

細山さんがおもむろに立ち上がり、作業台の引き出しを開けて何かを取り出す。見ると、その手に持たれていたのは黒い封筒だった。

「それは……」

河村が目を見開く。花火大会の夜、俺たちが薫さんに持って行った封筒と同じものだった。これにも金銀のラメが星座に見立ててちりばめられている。

「じゃあ、ばあちゃんはこの招待状を渡したかったんだ」

「だな」

細山さんは作業台に再び腰掛けて言った。だが、その口調はあまりにも他人事《ひとごと》のようで、不自然だった。

河村がその黒い封筒に手を伸ばす。細山さんは河村の手を制しようとしたが、もう遅い。

その封筒はずいぶん前に受け取られたはずなのに、未開封のままだった。

「……細山さん、行かないんですか」

河村が尋ねた。しかし、細山さんは何も答えない。俺も続けて聞いた。

「どうして中身を見ていないのに招待状だって分かったんですか」

「前に、乃々がそれを渡しにここへ来た。招待状だと言ってな」

「……受け取らなかったんですね」

俺は尋ねたが、細山さんは何も語らない。

「それは、あの人工衛星の話があったからですか」

「……どうしてそこまで知っている」

細山さんが沈黙を破った。低く鋭い声が部屋に響く。

「あの人工衛星の失敗が三人の関係をこじれさせた、そういうことですか」

細山さんの声に怯《ひる》みながら、それでも問い続けた。だって、細山さんは『乃々と館長とは幼馴染だった』と言った。それなのに、じいちゃんの通夜と葬式で、俺は細山さんを見かけなかったのだ。

「やっぱり、俺のじいちゃんが何か大きな失敗をしたんですか」

「違う！」

その声はもはや叫び声に近かった。河村がびくりと身をすくめる。

「……お前のじいちゃんは何も悪くない。悪いのは俺だ」

細山さんのしわの寄った手が額に当てられる。その沈痛な面持ちに驚いてしまう。

「お前は、運用の報告レポートを読んだ、多分そうなんだろ」

「はい。読みました」

「あそこには、燃料バルブの不具合でスイングバイが上手くいかなかった、と書いてあったはずだ」

「……そうです」

「本当は、上手くいくはずだったんだ」

「え?」

「『よあけ』があのスイングバイで取った軌道だと、その求められた速度を出すのはかなり難しかった。機器に負荷がかかり過ぎていた。報告レポートでは明言されてないが、そのせいでバルブが不具合を起こしたんだと、俺は思っている」

「でも、それはどうしようもなかったんじゃ……」

「衛星打ち上げの後、あいつは別の軌道の存在に気付いた。より効率のいいスイングバイを行える、そんな軌道だ。それを最初から採用していれば、あんなトラブルは起きなかった。スイングバイの軌道を担当していた俺は、それに気付けなかった」

遺されたファイル。あの計算式の中には、いくつか大きなバツが打たれていたものがあった。それは人工衛星の軌道に打たれたバツ、そして、取り返しのつかない未来へのバツだった。あの紙の上では修正出来ても、現実は何も変わらない。

しばらくの沈黙の後、細山さんは語りだした。

「俺と乃々とあいつは、三人でずっと宇宙を追っていた。宇宙は夢だった。憧れだった。三人とも忘れなかったし、諦めなかった。乃々はプラネタリウムの学芸員になって、日本の色んな科学館で経験を積んでいた。俺とあいつは大学に残って研究者になった。二人で人工衛星を飛ばすのが夢になった。でも、でもな、それを俺は壊した」

夢という言葉がどこまでも空虚なものに変わる。砂塵《さじん》となって風に舞っていく。それはもうどうしようもない過去で、俺はただそれを見ていることしか出来なかった。

「だから、研究者をやめたんですか」

河村が聞くと、細山さんは頷いた。

「この学校の教員になった。それからはあいつとも、あいつと結婚した乃々とも距離を置いた。合わせる顔がなかったんだ」

細山さんは胸ポケットからタバコを取り出すと、百円ライターで火をつけ、ふかし始めた。そのタバコが過去の慰めだとしたら、それはあまりにも細すぎるように思えた。

「……どうして、よりによってカシオペヤ座なんだ」

細山さんは白い煙を吐いて、呟いた。

「……どういう意味ですか？」

「お前ら、アポロ計画って分かるか?」

「アメリカの宇宙計画、ですよね」

「ああ。じゃあ、ジェミニ計画ってのは知ってるか?」

「それは、知らないです」

俺には聞き覚えがない。河村を見ると、彼女も知らないというふうに首を振った。

「アポロ計画の前身の宇宙計画だよ」

何か思い出話をするように、遠い目をして細山さんは話す。

「アポロ計画で最初に月に行くのは、そのジェミニ計画で活躍したガス・グリソムという宇宙飛行士のはずだった。グリソムは優秀な飛行士で、ジェミニ計画の初期から飛行実験をしてきた。だから、人類初の月面着陸という名誉は、グリソムに与えられるはずだったんだ。でも、そいつは死んじまった。訓練中の不幸な事故であっけなくな。その後釜にすわったのが、かの有名なアームストロングだったたってわけだ」

「それが、一体どうしたんですか?」

「……カシオペヤ座には、グリソムのミドルネームに由来する『Navi』って星がある。あいつが大学を辞める前の日に、カシオペヤ座を見て俺に言ったんだ」

「『お前はアームストロングで、俺がガス・グリソムだ』ってな」

「俺は、あいつが気付いた別軌道を使って、再びスイングバイを行うように働きかけた。結局その案が採用されて、何とかよあけ計画は持ち直した。俺は、計画を最後まで見届けてから大学を辞めたんだ」

話は終わりだ、と細山さんは立ち上がった。

部屋の中に漂った白煙は、薄れて消えていく。俺たちは無力な傍観者でしかなかった。

5

八月二十九日、金曜日。いよいよ明後日が八月の最終日、つまりこの科学館にとって最後の日だった。

既に外は薄暗くなっている。科学館の閉館時間もとっくに過ぎていた。だが、図書棟の休憩スペースには特別に電気がついている。僕、理奈、薫、春樹、このいつもの四人と、直哉君と河村さんが一つの机を囲んで座っていた。

「いやあ、諸君、集まってもらったのは他でもない」

「うわっ、うるさ」

「なんか館長みたい」

大演説を行うかのような勢いで前に立った薫だが、春樹と理奈に素で引かれてしょげている。

薫は「他でもないの後、言わせてよ……」と悔しそうに言うと、こちらを向いて「続きは祐人が喋ってくれる」と不機嫌そうに言って席に戻ってしまった。

「え、僕？」

「だって言い出しっぺは祐人じゃない」

そう言って拗ねたように顔を背けてしまう。仕方ないので、僕は渋々話し出した。

「あー……今日は一つ提案があって、みんなに集まってもらったんだ。えっと、この日曜に僕たちで屋台を出さないか？」

「屋台？」

理奈が首を傾げた。

「あれだ、この前の花火大会みたいな、焼きそばとかわたあめとか、そういう屋台」

花火大会が終わった後に思い付いたアイデアだった。町に申請をすれば屋台を借りることが出来る。この科学館でも屋台を出したら面白いんじゃないかと思い、みんなには内緒で薫と準備を進めておいたのだ。

「科学館の閉館って町の中で結構ニュースになってるし、来館者の数もかなり増えると思うんだよね。だから、せっかくなら、そうやって恩返しをして、みんなに喜んでほしいなって」

「それ、いいな」

「でしょでしょ」

薫が春樹に向かって得意げに言った。言い出しっぺは僕じゃなかったのか。

「まあ、俺も親父《おやじ》に店番任せれば手伝えるし、賛成だな」

「夏期講習終わったんで俺も手伝えます」

「あ、わ、私も、手伝います」

春樹に続いて直哉君と河村さんも賛成する。

「え、本当に！」

薫が嬉しそうに河村さんに抱きついた。河村さんは薫の胸の中で困惑した表情を浮かべ、見かねた理奈が河村さんから薫を引っぺがそうとしている。

夜の休憩スペースは賑やかだった。

そして、賑やかすぎた。

その賑やかさにはどこか白々しさが漂っている。でも、その違和感を指摘する人はどこにもいない。

みんな、分かっているのだ。明後日は科学館の最後の一日。本当の本当に、最後。

科学館は僕らの居場所だった。ここに集まって、どれだけの時間を過ごしただろうか。

確かに一度、僕らは離れてしまった。でも、そんな時間の断絶を軽々と飛び越えて、再びここに集《つど》っている。

日曜が終われば、科学館は閉館を迎える。たとえ閉館したって思い出は消えない。でも、この場所が失われるのもまた事実だ。

僕もみんなと同様に笑っていたい、今はそうしていたいと思った。

再び辺りを見ると、直哉君に目がいった。周りが楽しそうにはしゃぐ中で、深く考え込むように唇を噛んでいた。

「あの」

そして直哉君は口を開いた。何かを決意したような芯のある声に、一同が直哉君を見る。

「俺、じいちゃんのことで話があるんです」

「直哉、君」

河村さんが不安そうな顔をした。

「みんな、じいちゃんの過去、知っちゃったんですよね」

その確認に、誰も返事はしなかった。

賑やかな雰囲気の裏に、この夏に起こった出来事が影を落としているということは全員が気付いていただろう。思えば、この面子《メンツ》が集まるのは花火大会以来だった。落書き、人工衛星、そして館長の過去。誰もが見て見ぬふりを続けていた。

「俺、分かったんです。あの落書きの意味も、あのファイルのことも」

「本当か」

春樹が尋ねると、直哉君は頷いた。

「だから、じいちゃんのことを、このままにしたくない」

その声は震えていた。

「俺、じいちゃんは笑ってると思うんです。科学館を思ってくれる人がいてくれて嬉しいと思う。確かに過去にはいろいろあったかもしれない。それでも、じいちゃんは科学館で働いてて幸せだったはずだし、そうじゃなきゃ俺は嫌だ」

嫌だ、と言った直哉君の目は、どこまでも本気だった。

「……話してよ」薫が口を開いた。「私だって、このままでいいなんて思ってない」

「私も知りたい。あのファイルのこと、最後まで知りたい」

「後味が悪くたって、聞かなきゃずっと後悔しそうだ」

理奈と春樹も続いて言った。

「……じゃあ、聞いてください」

直哉君は話し始めた。

……ガシャン、ガシャン、ガシャン。

一定のリズムで音は響く。金属の擦《こす》れる乾いた音が、幾つも重なっている。

暗闇の中で一つのシルエットが動いていた。あくまでもシルエットだけだったのだが、僕はそれが何なのかを知っている。

館長がフェンスを蹴っているのだ。

僕は、いつの間にか頭の中でそんなイメージを思い浮かべている。黒い化け物が、その中で暴れていた。

初めは静かに直哉君の話を聞いていた僕らだったが、その沈黙は言うなれば絶句というものに変わっていった。

館長と細山先生の過去。

僕は頭の中に響く金網の音が恐ろしかった。その音は、夢から覚めた者の金切り声に等しかった。

「こんな、感じ、です」

俯き気味に直哉君が言った。

外の日は完全に落ちて、もうその光は、どこにも残っていない。

「……どう、しようか」

薫が言った。頭を掻き、引き攣った力ない笑みを浮かべていた。

どうしようもない。それが答えなのは自明だ。

「それで、細山先生、……細山さんは来るの？」

「行けないって、言ってました」

「行けない……か」

理奈は、唇を噛みしめる。行かないではなく行けない。こんなに年月が経ってもなお、細山先生は苛《さいな》まれ続けている。

その一方で、館長は何を考えていたのか、何を見ていたのか、何を秘めていたのだろうか。それを想像するのは深淵を覗き込むようで、そのまま奥深くまで落ちてしまいそうだ。

僕は理奈を見る。何かをこらえるような、悲しい目をしていた。僕と理奈、そして館長たちも、また違うものを見ている。そんなことを思った。夢を諦めたのが僕なら、館長と細山先生は夢に破れたということだろう。二人は諦めてなどいなかった。手を伸ばし続け、そして、届かなかった。

叶わない願い、そんなものが当たり前に存在する。それでも何かを願い続けている。

理奈はまだ夢を追っている。

今更僕が何を言っても駄目なのかもしれない。でも、もし理奈が僕と同じように立ち止まったなら、夢から覚めそうになったなら、僕は何を思うのだろうか。

「今日は、解散にしよっか」

屋台の手伝いみんなよろしくね、とだけ付け足して、薫がやはり力ない笑みで言った。

これ以上話しても、ただ辛くなるだけだった。

第五章　星　空

1

　科学館の上に青空が広がり、プラネタリウムのドームも朝の光を眩しく撥ね返している。今日も暑くなりそうだ。

「理奈さん、このヨーヨーも作っちゃって、いいですか？」

「うん、お願い」

　私は手で日覆いを作って空を眺めながら、河村さんに返事をした。

　最後の開館を迎えようとしている科学館では、先日の話の通り、屋台を出すための準備が進んでいた。すでに屋台自体は、図書棟へ向かう道沿いに設置されている。昨日、いつもの男連中に加えて、祐人の職場の後輩が組み立ててくれたそうだ。

　今日出すのは、焼きそば、わたあめ、そして水ヨーヨー釣りの屋台だ。水ヨーヨー釣りの屋台には水路が用意され、そこを水ヨーヨーがくるくると回るようになっている。その隣にはわたあめの屋台が設置されている。そして道を挟んだ反対側には焼きそばの屋台があり、客を迎え撃つには万全の布陣である、などと春樹が言っていた。迎え「撃つ」必要がどこにあるんだ、と私は春樹に蹴りを入れたくなる。

利益は出なくてもいいので、焼きそばは二百円、わたあめは五十円、水ヨーヨー釣りは子供に無料でサービスと、先日の花火大会よりも遥かに良心的な値段設定にしてある。

私は河村さんと共に、水ヨーヨー釣りの屋台で準備をしている。ちなみに、先ほどまでここには薫と直哉君もいた。しかし、直哉君は水ヨーヨーの口を結ぶことが出来ず、さらに薫に至っては水ヨーヨーを割り、直哉君をビシャビシャにするという事件を既に発生させていた。二人には戦力外通告を出し、直哉君にはわたあめの屋台に、薫には科学館に戻るように告げた。

水ヨーヨーを作る作業に没頭していた私だったが、ずっとしゃがんだ姿勢でいるため、結構腰に負荷がかかる。作業を少し中断して、腰を軽く叩きながら屋台のテントから出た。

指を組んで、両腕を真っすぐ頭上に伸ばす。

そのまま視線を上げてみると、空に秋めいた風情を感じた。思ったよりもうんと早く季節は動いているようだ。夏の空は突き抜けるような青。あまりの鮮やかさに朦朧《もうろう》とする。でも、秋や冬の空には淡い灰色が混じって見える。なんだか空の果てが見えているみたいだ。

視界に別の腕が入った。振り向くと、河村さんも横で伸びをしていた。

私が伸びをやめて腕を下ろすと、河村さんもそれに倣って腕を下ろした。が、その視線はまだ空に向いている。そして、もう一度右腕を伸ばした。今度は少し背伸びをして、まるで空を摑むような動作をしている。それがおかしくて、つい笑いそうになる。

河村さんは今日もカメラを首から提げていた。彼女が私の視線に気付き、慌ててこちらに背を向けてしまう。そして恥ずかしそうに、ゆっくりと手を引っ込めた。

素直な子だなと思った。考えるのと同時に体が動いてしまう、そんな子。私もこんな風になれたらな、と思ってしまう。昔の花火大会のときだって、今だって、そんなことを思っていた。

「空、摑めた？」

私は河村さんに話しかける。

「何、言ってるんですか」

「つれないなあ」

私が軽く口を尖らせていると、河村さんはゆっくりと前を向いて空を見上げた。

「……手を伸ばしても、届かないものだってあるんですよね」

再び河村さんは手を空に伸ばす。テントの影から出た細い腕を、強い日差しが照らしている。望んだ未来が摑めなかった人たちを、私たちはこの夏に見続けていた。

初めは真っすぐに伸びていた河村さんの腕や指先から急に力が抜けて、たわんでいく。その手は、怖がっていた。何かを躊躇い、諦めようとしていた。

その腕の動作をつぶさに見ていた私は、思わず話し出す。

「でも、手を伸ばさなきゃ何も摑めないし、それを摑みたいって気持ちに嘘はつけない」

河村さんは既に願ってしまった。そして、彼女はその願いに躊躇いもせず、真っすぐ向き合っている。なら、それを顧みる必要はどこにもないと思った。

カメラはその象徴なのかもしれない。それは誰に何と言われようと撮り続けるため、求め続けるため、願い続けるためのトレードマークのように思えた。

河村さんは素直だった。比べて私は迷ってばかりだ。私も素直になりたかった。自分の気持ちに、その衝動に。

私も空に手を伸ばす。館長の過去を知ってしまった今、何かを願うのが怖くないかと言えば嘘になる。でも、たとえこれが虚勢だとしても、それでもずっとこの手を前に伸ばそうと決めていた。

決めていた、けど。私の腕からも力が抜ける。

自分がどうして手を伸ばしているのかが分からなくなっていた。確かに、衝動があったはずだった。

どこへ向かえばいいのか、どうしてそこへ向かうのか。それが分からないまま、伸ばされた腕だけが宙ぶらりんに彷徨《さまよ》っている。

「よいしょ、ヨーヨー作りに戻りますかね、と」

私はまるで何かを誤魔化すかのように、大仰に腰を叩いて作業に戻る。


午前九時になり、科学館が開館した。この頃には、プラネタリウムの入口前で、数十人が列を成していた。こんなに長い列が出来ているのを見るのは、初めてかもしれない。屋台にも人が来るようになった。向かい側では祐人と春樹が鉄板でヘラを振るい、大量の焼きそばを仕上げている。その匂いが公園に漂い、お客さんを吸い寄せていた。

一方で私たちの屋台にも人は集まっている。わたあめ五十円というのは小学生にとって随分と魅力的らしく、子供たちが屋台の前で群れを成しているのだ。私はわたあめを、河村さんと直哉君は水ヨーヨー釣りを担当している。

ピンチヒッターとして、直哉君はわたあめの屋台から水ヨーヨー釣りの屋台に駆け付けた。というのも、河村さんがあまりにもピンチだった。

物憂げに空を眺めていた先ほどまでの余裕はどこへ行ったのか、河村さんはカチコチに硬直していた。そして硬直しながらも、来るな来るなという圧力を掛けながら小学生にガンを飛ばしていた。そんな姿を見かねて、このオーラを唯一破れる存在、直哉君がやって来たのである。

「こいつに接客は、無理ですよ……」

「あ、やっぱり……」

私は直哉君と頷き合う。そして、河村さんは屋台の隅でしょげている。このままではあまりにも不憫《ふびん》だと考えていたところで、一つ、あることを思い付いた。

「あ、じゃあ直哉君が私の代わりに水ヨーヨー釣りの屋台やってよ」

「俺と河村でやるんですか」

「いいじゃん。傍《はた》から見ればカップルみたいだし」

直哉君にだけ聞こえるように小声で言ったつもりだったが、

「そんなんじゃないです」

と、何故か奥にいた河村さんから返事が聞こえてくる。女という生き物は本当に地獄耳だ。自分でもそう思う。

「とにかくここは二人に任せるから。私はわたあめやってるね」

そう一方的に告げて、私は水ヨーヨー釣りの屋台から、隣にあるわたあめの屋台へ向かった。

わたあめを作りながらも水ヨーヨー釣りの屋台に目をやると、あちらは直哉君と河村さんで何とかやっているようだ。

微笑ましい、という感想からしておばさんくさいだろうか。二人は楽しそうで、その間に入り込む余地はどこにもない。

私はふと思う。二人が過ごしているような時間が、自分にもあった。それはきっと幸福な時間だったのだ。

科学館の建物を見る。そのクリーム色の壁は、昔よりもさらに色あせてしまった。でも、確かにここには私たちの青春と呼べるものがあった。

『思い出の中にだけ、幸せな時間は存在するのよ』

私は乃々さんの言葉を思い出す。

眩しい時間は、私たちの思い出の中にだけ存在して、それはどれだけ手を伸ばしても届かない過去だということに、今更気付いた。

思えば、今の私たちはそんな青春ごっこをしているだけなのかもしれない。再びこの科学館に集まって、どこかぬるま湯に浸《つ》かるような時間を過ごしている。でも、一つだけあの時とは決定的に違うことがあった。もう、私たちは大人なのだ。あの日のように、無責任には未来を語れない。

そして、きっと今日でその青春ごっこも終わるのだ。

2

色とりどりのヨーヨーが浮かんでいる。揺れる水面に、一つ一つが当てもなくぷかぷかと漂っている。それを眺めていると、頭がぼうっとしてくる。目の前では小学生がヨーヨーを釣るのに熱中していた。その姿を眺めながら、俺は屋台のパイプ椅子に座っている。というか、座っているほかにすることがなく、後は小学生の盛り上がりに適当な合いの手をいれるだけで屋台の仕事は成り立ってしまう。俺は若干退屈しながらも、この夏休みの出来事を反芻《はんすう》していた。

とにかく、今年の夏は色々なことがあったのだ。

じいちゃんが死んだ。それがすべての始まりだった。じいちゃんが病に伏したのは今年の初めだった。唐突に倒れて、その時は一命をとりとめたものの、まるで急坂を転がり落ちていくようにあっけなく死んでしまった。静かな病室で、母さんはさめざめと泣いていて、その母さんに父さんは優しく寄り添っていて、自分はと言えば、涙の一滴も出ないことにただ戸惑っていた。

その悲しみを理解するのには、まだまだ子供なのかもしれない。未だに涙は出なくて、あるのは小さな喪失感だけだ。でも、その穴がどれだけ小さくても決して埋まることはないんだということは、ようやく分かった気がする。

そして落書き。落書きするのを手伝わされ、今度はその落書きの意味を追わされた。じいちゃんが遺したファイルもあった。英語のレポートと長い計算式は一見無邪気な謎に見えたけど、今思えばあれはただのきっかけに過ぎなかった。

落書きと、謎のファイル。二つの先にあったのは、隠された過去だった。じいちゃんが生きている間、語られることがなかった過去。

じいちゃん、ばあちゃん、細山さん。この三人にとって、今日という日はどのように映るのだろう。じいちゃんはもういない。だから、細山さんは拭えないものを引きずり続ける。そして、それを近くで見ていたばあちゃんは、今日もプラネタリウムで働いている。

「直哉、君？」

「……あっ」

我に返ると、河村が怪訝そうな表情でこちらを見ている。首に掛けたタオルで額の汗を拭いていた河村と目が合い、互いに慌てて顔を背ける。

水ヨーヨー釣りに熱中していたはずの小学生たちが、何か面白いものを見るように、こちらに注目している。

「……こより、水に浸けたままだと紙が溶けるぜ」

しれっとはぐらかすと、小学生たちは声を上げて再び水ヨーヨー釣りに集中し始めた。

「やばっ」

ちょろすぎて申し訳ない気持ちにすらなる。

河村はまだこちらを気にしているようだったが、目の前の小学生たちに視線を戻した。

それにしても、河村は頑張っていた。というのも、先ほどまではガチガチに緊張していたが、今では小学生に「頑張れ」とか「惜しい」とかそういうことを言えるようになっている。まだ笑顔は硬いし、声も小さいけど。

河村と話すようになったのも、思えばこの夏だった。思いっきり睨まれて、振り回された。でも、それは彼女も分かっていた。彼女は意図して俺を振り回していたのだった。

そうと知っても不快に思うことはなかった。それほど彼女は必死だったのだ。

ただ、変わりたかった。現状を変えたかった。そんな真っすぐな思いは、俺にとってあまりにも鋭利だった。

「が、がん、ばれ……」

小学生がヨーヨーを引っ掛けた。それと同時に、河村からも振り絞ったような声が聞こえる。

河村は今日も気張っている。これまで他人が作ったイメージに囚《とら》われていたとしても、もし一歩踏み出すことが出来たなら、きっと彼女の世界は変わる。

「頑張れ」

賑やかな屋台で、俺はぽつりと呟く。


午前中はプラネタリウムの投映を待つ客が多くいた科学館も、午後には人の出入りが落ち着いてきた。図書棟の二階では、過去のプラネタリウム投映に使われた機材など、科学館が溜め込んできた資料を公開しているらしく、来館者は科学館の閉館を惜しみながらも思い思いに時間を過ごしているようだ。

科学館の閉館時間が近づく頃、俺たちは屋台の営業を終わりにした。片付けの前にみんなで水ヨーヨー釣りの屋台の周りに集まり、祐人さんと春樹さんが作った焼きそばを食べながら休憩を取っていた。

「うまー、焼きそばうまー」

お隣からは、どこまでも気の抜けた賛辞が飛んでくる。

「お前、暑さで脳ミソ弛緩《しかん》してるんじゃねーか？」

「いや、疲れたんだって私も」

休憩だといって表に出てきた薫さんは、いつものように春樹さんと小競り合いをしていた。糊《のり》の利いたカッターシャツに黒いパンツを穿《は》いて、整った雰囲気を醸し出しているが、中身はいつもと変わらない。

「分かってはいたけど、今日の来館者数とんでもないよ。プラネタリウムも満員御礼」

困ったように仰々しく手を広げて見せる薫さんだが、その顔は嬉しそうだ。

「じゃあ、僕らの屋台のお陰だな」

「いや、みんな何も知らずに来てるからそれはない」

「……まあ、そうだけどさ」祐人さんは、春樹さんの言葉に口を尖らせながら、続けた。

「でも、今まで僕らはずっとお客さんだったのに、今はこうやって科学館のこと手伝ってて、本当に何が起こるか分かんないって感じだ」

「最後の最後に、こんなことしてるなんてね」

理奈さんは、小さくはにかむ。

「最後、か……」

祐人さんは、科学館に顔を向けて呟いた。理奈さんもその笑顔を曖昧にしながら、ゆっくりと科学館を見上げる。

頭上で広がっていた青空には、いつの間にか橙が差していた。南に昇っていた太陽も、気付けば西の低い位置にある。終わりが近づいていることを、俺は肌で感じた。

夏休みも科学館も、今日で終わる。多分、じいちゃんの過去の話も、今日で終わり。

俺たちはそれぞれの生活へと戻っていく。そのことを、受け入れることが出来ないままだ。

　一つの日常が終わるときになってようやく、自分たちは慌てて次の日常に駆け込んでいく。そのとき拾い損ねて置いていってしまったものは、見送るしかないのだ。

　それは唐突だった。

「本当にこのまま終わるのか」

　春樹さんが突然立ち上がった。春樹さんはいつもの澄ました顔をしていて、何を考えているかよく分からない。

　そしてそのまま屋台の外に出て行き、俺たちの真正面に立った。肩の力は随分と抜けていて、その手は、ポケットに収まっている。

「今からの話をしよう」

「……今からの話、ですか」

　河村が恐る恐る聞く。

「そう、今から」

　あなたが口火を切るんですね、と思った。今日という日が、このまま終わるわけがなかったのだ。やりきれない感情を、俺たちは持て余しすぎている。

「……今更僕らに何が出来る」

少しだけ低い声で言ったのは、祐人さんだった。

何が出来るのだろうか。じいちゃんと細山さんのことは、もう願うだけ無駄なのだろうか。

その答えが知りたくて、春樹さんの次の言葉を待った。

「また逃げるのか」

強く、春樹さんが言う。

「……あの時とは関係ない。まるで話が違う」

祐人さんは春樹さんから目を逸らした。

「いや、同じだよ」春樹さんはゆっくりと首を振った。「結局、夢って何だろうな」

「……どういうことだよ」

「寝ても覚めても俺らは夢を見続ける。苦しいことばかりなのに、願い続ける。それなのに、いざ夢が叶っても、これが本当に望んだものなのか分からなくなる。でも、それでも夢を見るんだ。具体的じゃなくても、現実的じゃなくても、叶わないと分かってしまっても、夢を見る」

春樹さんは言い澱《よど》むことなく、話し続ける。

「どう足掻《あが》いても報われない」

「……ああ。そうだ」

「でも、逃げたって何も変わらない。だから、今度は逃げないんだろ」

「逃げない」祐人さんの声は誓うように切実に響く。「もう、逃げたくない」

「俺も逃げたくない。ここからも、……自分からも。それに、乃々さんと細山先生にも逃げてほしくないんだ」

祐人さんに呼応するように、春樹さんも言った。もう、涼しい顔はしていない。必死に、言葉を続けていた。

「終わるなら、きちんと終わってほしい。逃げずに、うやむやにせずに」

「……僕らは、僕らの夢を、ちゃんと清算しよう」

そう言った祐人さんの横顔は、もう辛い顔なんかじゃなかった。

もし、自分が夢を持ったとしたら。

今まで、そんな焦がれるような衝動を感じたことがなかったから、それはずっと謎だった。そんなもの、俺の柄に合わないとさえ思っていた。

でも、もし本当に夢と呼べるものを見つけたら。

河村のように、文字通り夢中になれるのかもしれない。でも、じいちゃんみたいに途中で壊れてしまうのかもしれない。そもそも、スタート地点にすら立てないかもしれない。

叶うなんて言い切る自信は持ってない。

それでも、夢を探さずにはいられなかった。

3

春樹は真っすぐ僕を見据えていた。

逃げたくない。

それは僕の思いなのか、それとも春樹が投げかける意思なのか、もう区別は付かなかった。

視界の奥に、子供たちが映る。あの太陽系丸太の上で鬼ごっこをしている。

「ここはさ、夢の場所だったんだ」

今日もずっとプラネタリウム投映が行われていた。きっと誰もが暗闇に感覚をぼやけさせて、宇宙の広さに心を馳せていた。子供たちの目には星の輝きだけが映り、距離感を忘れてその細い腕を伸ばしていた。

「きっと、ロケットの中よりも、宇宙ステーションよりも、宇宙に近い場所だった」

あの銀色に光るドームの中でなら、僕はどこまでも行けた。月へも、太陽へも、この太陽系の外、きっとカシオペヤ座にだって。

何が変わってしまったんだろう。

いつしか僕は、この科学館から遠ざかっていた。逃げ出していた。プラネタリウムの銀色の輝きを見るたびに、まるで黒い雲が心に掛かるような気持ちがしていた。

それでも、こうして僕は再びここにいる。逃げ出した場所にやっと戻って来られた。それが、とにかく嬉しかった。きっとこの夏が始まる前よりも僕はずっと大人になったのだ。いや、なったと信じたい。

もし夢も現実も呑み込んで、僕がここに立っているのなら。

あのドームの輝きを、くすんだままにはさせたくない。

「このまま終わっちゃ駄目だ。館長たちの夢は、まだ終わってなんかいない」

「……ですって、乃々さん」

隣に座る薫が、優しい顔をしながら言った。春樹は再び涼しい顔をして、顔を左に向けている。

僕らから少し離れた場所に、乃々さんが立っていた。

思わず屋台から出て行く。僕の後に続いて全員が集まり、乃々さんを見つめた。

「みんなにこうやって見つめられると、照れるわね」

乃々さんは冗談めかした様子で笑ったが、それからすぐにこちらを見た。

「全部、知っちゃったのね」

「はい」

薫が頷いた。

「じゃあ、薫ちゃんも私の頼みごとを全部喋っちゃったんだ」

「だって乃々さん、あの時すごく辛そうな顔してましたもん。あんな思いつめた顔見せられたら、ほっとけません」

「……そうだったのね」

乃々さんは少し俯き、沈黙する。僕らはただ、乃々さんの言葉を待つしかなかった。

「今からもう何十年も前の話よ。私は学芸員として色々な科学館で勤務していたの。当時は最先端だったプラネタリウムの操作も、少しは出来るようになっていた。ちょうど同じころ、あの人と細山君は大学で人工衛星を飛ばそうとしていたわ。私はね、三人とも自分の夢を追っていることが嬉しかった。まあ、細山君とあの人が一緒の場所で働いていて、私だけ別の場所にいたから、二人が羨ましいとは思ったけどね」

乃々さんはこちらに歩いてきた。みんなを屋台のパイプ椅子に座るように促し、やがて乃々さんも腰を下ろした。きっと、長い話になる、そう思った。

「私たちの関係に、まめな連絡は必要なかった。互いに頑張ってるんだって思うだけで十分だった。そんなある日、私はここことは別の科学館で働いていて、その日は最後のプラネタリウム投映で私が解説をすることになっていたの。私が何とか解説を務めると、投映が終わった後も椅子に座ったまま天球を眺め続けてる人がいた。おかしいなって思って、操作席からその人のほうへ向かって行ったら、そこにはあの人が座っていた。あの人は何も言わずにぼろぼろと涙をこぼし始めた」

乃々さんの瞳の奥に色々な感情が見え隠れしている。でも、その感情を読み取るのは、とても出来ないとも思った。

「そのとき私ね、あの人を思いっきりビンタした。それで、その後一緒になって泣いたの。二人で、わんわん泣いていたの。その日から、私はあの人と暮らし始めた。あの人を強引に私の家まで連れて帰って、そこからなし崩し的に同棲生活が始まったのだけれど、あの人は、毎日私が働いていた科学館に来て、一日中そこにいた。私が解説をするときには、プラネタリウムを見に来て、終わった後にはやっぱり泣いていて、他の時間は退屈そうに科学館の展示を眺めていたわ」

頭の中で、フェンスの音が鳴る。それは不協和音みたいにおどろおどろしく響く。

「何故、館長がそうなってしまったか、知っていたんですか」

理奈は尋ねた。

「細山君と何かあったってことは、薄々気付いていたわ。互いにひどく距離を置くようになったから。……でも、詳しいことを全て聞いたのは、あの人が亡くなる直前だった」

乃々さんは悔しそうに唇を噛んでいた。

「細山君との間に何があったのかを聞かせてほしいっていうのが、私からあの人への最後のお願いだった。本当は、私に細山君のことは伝えまいって、真実を墓まで持っていくつもりだったらしいわ」

「……本当に、不器用なんだから」

「くだらないことならあんなに雄弁なのに、肝心なことはどうして何も言わないんだ」

薫と春樹は憎まれ口を叩くように言う。でも、二人とも目を赤くしていた。

「どれだけ辛くても、大切なことだったから、何も言わなかったんだと思うの」

『受かるに決まっている』

ふと、館長の言葉を思い出した。僕が高校受験のときに、館長に言われた言葉だ。その言葉に根拠は何もなかった。それなのに、館長は平気で言ってのけた。

でも、館長の言葉は魔法みたいだった。勇気をくれる、一瞬の魔法。

館長はその魔法を自分に使わなかった。

「館長は、優しかったんです」

僕は言った。

細山先生との話を誰かにすれば、きっと楽になれた。でも、それでは駄目だったのだ。館長は、細山先生のことを否定したくなかった、いや、出来なかったのだと思う。

「そう、優しかったの」

優しかったの、と乃々さんはもう一度呟いた。

「招待状は細山君に届いていたの？」

「届いてはいた。けど、このままだと来てはくれないと思う」

直哉君は、残念そうに言う。

「……カシオペヤ座はね、私たちにとって特別な星座だった。子供の頃、細山君が持っていた望遠鏡でよく天体観測をしたのだけれど、そのとき最初に見つけるのが、カシオペヤ座だったの。カシオペヤ座にNaviって星があってね、それが宇宙のナビだから、最初はこれに合わせようって、細山君うるさくて」

それはどこかで聞いたことのある話で、何となくくすぐったい気持ちになった。

「細山君に落書きの意味が伝わったってことは、カシオペヤ座のこと、覚えていてくれたのね」

僕は頷く。

「……忘れてなんかいないですよ」

「そう、かしら」

乃々さんは、少しだけ嬉しそうに首を傾げた。

「だな」春樹が頷いた。そして、僕に問いかける。「今から、どうする？」

「細山先生を、呼びに行く」

もう、迷いはなかった。

乃々さんは目を閉じ、心の中で何かを確かめるように黙る。そして、再びこちらを向いて言った。

「お願い、出来るかしら」

「はい」

気付けば、僕ら全員の声が揃っていたようだ。

4

真っ赤な夕日が空を染めている。バイクのエンジン音が耳に低く響き、車体が揺れる。

しかし、その心地よい加速度を楽しむには心がざわめき過ぎていた。

「……僕、バイクに乗るの初めてだ」

祐人がバイクのエンジン音に負けないように、声を張り上げて言った。

タンデム、つまり二人乗りの基本姿勢通り、祐人の手は私のお腹回りを抱えている。

その手には心なしか力が入っていて、こちらも緊張してしまう。

「だ、大丈夫？」

私も大きな声で尋ねる。

「少し怖いけど、まあ、何とか」

住宅街の景色は素早く流れていき、風を切るようにバイクは進む。

「なんだろう、男としての面子が……」

「仕方ないじゃん、祐人は普段バイク乗らないんだから」

とはいえ、傍から見ればこの姿は滑稽に見えるのだろう。女が前でハンドルを握り、その後ろにこわごわと跨る男。

「……ふふっ」

「あ、今笑っただろ」

エンジン音に紛れたと思っていたが、祐人には感付かれてしまったらしい。

「というか、こんな迫力のあるバイクに一人で乗っちゃう理奈もなかなか……って痛っ」

「ちょっと、手、離さないでよね」

お腹にしがみついている祐人の手の甲をつねった後、すぐにハンドルに手を戻した。

私たちは高校へと向かっていた。私たちの母校であり、直哉君と河村さんが現在通っていて、そして、細山先生が今もいるあの高校に。

直哉君によれば、明日は始業式なので、学校ではその準備が行われているらしい。細山先生もその作業を手伝っているのではないかという。

だが、それがいつ終わるかも分からない。だから、バイクを運転出来る私と、呼びに行くと言い切った祐人が、みんなを代表して高校へと駆け付けることにしたのだ。

「夏も終わるな」

祐人の張り上げた声が後ろから聞こえた。

「祐人、ちゃんと宿題やった？」

「いつの話だよそれ」

「確かに」

くだらない話だが、何となく背筋が伸びた。

祐人も似たようなことを考えているのだろうか。互いに黙り、その沈黙をバイクの音が埋めている。

日が沈もうとしている。燃えるような夕焼けだった。

あの日もこんな空だった。私は祐人に告白したあの日を思い出す。目に焼き付く、真っ赤な夕空。あの日は雲一つ出ていなかったから、夜の花火も綺麗に見えた。何もかも、鮮明に見えた。

長い下り坂に差し掛かった。私がバイクを減速させると、エンジン音は小さくなった。

「……あれから、何か分かったか？」

「あれから、って？」

「この前の花火大会、から」

祐人はどこか躊躇《ちゅうちょ》しながら、探るように尋ねた。運転しているから分からないけど、祐人は今どんな顔をしているのだろうと思った。

「何か、か」

「うん」

「……私さ、昔よりは成長したんだなって思った」

そう言ってから、口からぽっと出てきた思いに自分で驚いた。でも、確かにその通りだ。

「昔は自信がなくて、自分から何かをするのがすごく怖かった。だけど、今はそんなことない。気が付いたら前に進んでるぐらい、私は前を見られるようになった」

多分、祐人が変えてくれたのだと思う。

『理奈だって何でも出来る』

あの日、祐人はそう言ってくれた。その言葉をおまじないのように繰り返してきたから、今の私がここにいる。

「だから今度は分からなくなったの」

私は続けた。

「だから……？」

「うん。ずっと走り続けてたら、何で走ってるか分からなくなっちゃった」

心の奥底で、止まっちゃ駄目だと急かしていた。前に進まなきゃ。私はずっとそう思ってきたのだった。

何で？

だから、そんな声が自分の中で響いた瞬間、ぴたっと立ち止まってしまった。そして、そこから上手く前に進めなくなったのだ。

「そっか」

問いを重ねるわけでもなく、慰めるわけでもなく、ただ祐人はそう言った。

「僕らは不器用にしか夢を見られない」

「え？」

「本当に、難しいんだよ」

祐人の言葉は、語りかけているわりには独り言のように聞こえる。

「でも、不器用なりに頑張ってきたんだ。理奈も、多分、僕も」

「……夢って、頑張って見るものなのかな」

「夢を見るのが苦手なんだから、頑張って見るしかない」

「なにそれ」

少しだけ肩の力が抜ける。いつの間にか私たちはバイクと一つになっていた。まるでずっと二人乗りをしてきたみたいに、このバイクに馴染んでいた。顔を撫でる風が心地よい。坂を下り切り、私は少しだけエンジンを吹かす。

それは突然だった。


「うわっ」

ききーっ、きききききき。


目の前のカーブミラーに自転車が映り込んだ。それと同時にブレーキを全力で掛けると、向こうもギリギリでこちらに気付いたのだろう、何とかぶつからずに互いが止まった。

「す、すみません」

自転車には中学生ぐらいの少年が乗っていて、その少年の後ろには女の子が跨っている。二人は同い年ぐらいに見えた。あまりにも急なことでどぎまぎしていると、自転車に乗る二人は慌てて去ってしまった。

「……い、行こう」

硬直が解けたように、私はバイクをゆっくりと発進させる。突然生まれた二人の沈黙に、エンジンの音だけが小さく響いた。

後ろの祐人が、急に私を覗き込んだ。

「……何笑ってんの」

「え？」

「お腹、プルプルしてるんだけど」

「あ」

思わず顔が熱くなる。そういえば、祐人は私のお腹に摑まっていた。ぬ、とか、ぐ、とか、そういう声が出そうになった。

多分お互いに同じことを思い出していて、それがなんとなくおかしかったのだ。

「いや、昔のこと、覚えてるかなって」

「まあ、そりゃ、な」

祐人が体を後ろに戻した。

昔のことと言えば、それはもちろんあの花火大会の日のことだ。

「……まさか、今度は俺たちがバイクに乗ってる側になるなんて」

そう祐人がぼやく。

「……何か、色々思い出しちゃった」

頭によぎった断片的な記憶を辿りながら、私は言った。

「色々って例えば？」

「例えば、何でも出来るって祐人が言ってくれたこととか」

「そんなこと言ったっけ？」

「言ったよ」

少しむすっとした声で答える。そんぐらい覚えてろ、と思った。

「あの夜は、何か、あの後のことのせいでよく覚えてない」

祐人が少し気恥ずかしそうに笑うと、私もあの告白を思い出して恥ずかしくなる。

「懐かしい、かも」

自分たちにも先ほどの中学生と同じ時代があった。ただ、今の祐人と私の距離があの自転車の二人と変わらなくても、その近さの意味合いは大きく変わっていた。

「僕と理奈って、何で別れたのかな」

「何それ、新手の告白？」

「どうだか」

祐人は言葉をぼかす。

「でも、多分別れなきゃ駄目だったんだろうな」

「……そういうことなんだろうね」

不思議だった。

あの別れはとても不幸な何かだと思っていた。抗うことの出来ないすれ違いだと。

でも今、私たちはそのすれ違いに意味を見出しているのかもしれない。

こじれた私たちの関係が、ようやく、このバイクの上に帰結したような気がした。

「何でも出来る、なんて言うには大人になりすぎたけどさ」

一呼吸置いて、祐人は言った。

「ここまで来れば、きっと大丈夫だ」

遠くに、高校が見えてきた。

「よかった。やっぱりいたんですね」

祐人が言った。

ひび割れたアスファルトに映る影はすっかり長くなっている。用務員室の前、ちょうど私と祐人の影の先に男が立っていた。

「誰だ、お前ら？」

こちらを見た。ちょうど私たちの姿が夕日と重なったのか、眩しそうに目を細めている。

短く刈られた髪型は昔と変わっていなかったが、声は幾分かしわがれ、髪も白髪になっていた。

「先生に物理を教えてもらっていた倉木理奈です。……細山先生、覚えていますか？」

「……ああ、倉木か」

細山先生は目を見開き、急な来訪者に驚いている。

「お久しぶりです」

「で、そっちは？」

怪訝そうな表情を、私の隣に向ける。

「神庭祐人です。一応僕も先生に物理教わってましたけど」

「……わりい、覚えてねえや」

「……そうですか」

先生、そんな素直に言ってあげなくてもいいのに。

何故かフラれたみたいになってしまった祐人を尻目に、細山先生は首を傾げてこちらを見た。

「久しぶりに会えて嬉しいが、これまた何で学校に来たんだ？」

「それは、その……」

思わず口ごもってしまう。どう言えばいいのか、いまいち分からない。

そんな私を見かねたのかどうかは分からないが、祐人が一歩前に出た。

「先生、乃々さんが待ってます」

細山先生は何かを言おうとしたのか口をぱっと開いたが、言葉は出てこない。驚きや困惑、そして傷に触れられたような痛みが、表情に滲み出ていた。

「何でお前らが……って、そうか。そういえば倉木はよく科学館に行ってたもんな」

「今、私の同級生の薫って子が、その科学館で働いているんです」

「そうなのか」

細山先生は夕日を一瞥し、こちらに背を向けてしまう。

「俺は、行かない」

「でも」

「でもじゃねえんだ」

声を上げた私に向けられたのは、つい黙ってしまうような低い声だった。細山先生は、私たちに背を向けたまま、俯く。

「……あの直哉とかいうやつみたいに、全部知ってんだろ」

「はい」

隣に立つ祐人が、はっきりと答える。

「じゃあ、帰ってくれよ」

「嫌です」

「何だよ、お前。こんな老いぼれたジジイをからかって楽しいのか」

「そんなんじゃないです」

私は宥《なだ》めるように言う。しかし細山先生の感情は収まってくれない。それが、辛かった。

「じゃあ、何だって言うんだ。俺は駄目だったんだ。今更、どんな顔して行けばいい。お前らにこの気持ち、分かるのか」

「……分かんねえよ！」

祐人は叫んだ。

その声に驚き、私と細山先生は黙る。

祐人は呼吸を落ち着かせるように地面を見ていた。やがて、ゆっくりと顔を上げる。

「あなたには、夢に見合うだけの能力があった。だから、あなたの気持ちなんて、何も持ち合わせていない僕には分からない。でも、夢なんでしょ？　そのスタート地点に立てなくても、途中で壊れてしまっても、何に憧れていたか分からなくなってしまっても、そう簡単に諦められるはずがない！」

これは私に言っているのだ。

そう思った。

持つ者、持たざる者、願った者、諦めた者、誰もが焦がれる思いに苦しんでいる。宿命のように、日々を彷徨っている。

祐人は、言った。

「まだ、何にも終わってない」

思い出したことがあった。

科学館の壁掛け時計が鳴る音。薄いカルピス。笑う乃々さん。気難しい顔をしている館長。祐人は宿題を前にして頭を抱え、私たちは笑っている。

時間は過ぎる。

私は館長に何かを質問する。ノートに書かれた数式を見て、館長は思案顔になる。

きっと、これが始まりだったのだ。

「もう駄目なのかもしれない。でも、このままじゃ、もっと駄目です」

祐人は目を伏せて、駄目なんです、と繰り返した。

細山先生は相変わらず向こうを向いたままだ。その表情を窺うことは出来ない。

「でも、俺は、きっと許されない」

その声は震えていた。

だから、私は口を開いた。

「私、いま気付いたことがあるんです」

夕焼けが、一層濃くなっていた。夜が近づいている。

「高校生の頃、私はいつも先生に質問していましたよね」

「……ああ。教えてもいない現代物理学の公式とかをな」

「何回か、先生に書いてもらった解説を館長に見せたことがあったんです」

あの時、館長は細山先生の名前を、私が教えたわけでもないのに知っていた。

「館長、その解説に書かれた注意書きとかを見て、『細かいことを気にする人だ』って言ったんです。『間違いなんて、誰でもするのに』って」

細山先生の考え方は、理論的でとても丁寧だった。イメージを交えて話を進めていく館長とは違って、あくまでも数式のみで答えに辿り着いていた。

答えから外れないように、ミスを恐れるように。

「きっと、館長はとっくに許していますよ」

本当は、心からそう思えない自分もいる。でも、今は館長みたいに勝手に断言していい気がした。

細山先生はこちらに背を向けたまま黙っている。そして、振り返ることなく用務員室へと歩き出した。

「先生！」

「分かったよ」

叫んだ私に、ふてくされたような声で細山先生は答えた。

「自分の車で行くから、先に行っといてくれよ」

やはりこちらを見ることなく、細山先生は部屋に戻っていく。

残された私たちは、互いに顔を見合わせて、ゆっくりと笑った。

さあ、戻ろう。あの場所に。

5

「二人とも、本当に不器用なんだから」

「昔から変わらない」

「あんなの近くで見せられたら、ねえ？」

「見てるこっちが恥ずかしいってもんだ」

薫さんと春樹さんが愚痴をこぼすように話していた。話題は、祐人さんと理奈さんについてである。

人のいない休憩スペースで、俺たちは座っていた。俺の隣には春樹さんが、向かい側にはガラス張りの面を背にして河村と薫さんが座っている。

閉館後の科学館ではあちゃんは招待客のためのプラネタリウム投映の準備をしている。俺たちも手伝うと言ったのだが断られてしまい、薫さんまでプラネタリウムの中から締め出されてしまった。

「でも、私たちのお膳立てがなきゃ、あの二人絶対付き合ってなかった」

「私たちっていうか、主にお前な」

「え、でも科学館からの帰り道とか、春樹はわざわざ遠回りして帰ってたよね」

「……それは、その、そういう雰囲気だったからだろ」

「やっぱり、春樹もお節介なんじゃん」

このこの、と薫さんは春樹さんを突っついている。

何だこれ。

のんびりとした話が続く中、俺は一人、困惑していた。

「昔の皆さんって、どんな感じ、だったんですか？」

河村が興味津々な様子で聞く。

「うーん、今と全然変わらない」春樹さんは少し考え、そう答える。「こいつは昔からうるさかったし、祐人と理奈はいちゃいちゃしてるし」

「春樹はくだらないことしか言わないし」

「あ？」

春樹さんは薫さんを睨むが、薫さんは気にもせず、

「いつも、科学館でこうやってこの席に座って、閉館までだらだらしてたんだ」

そう言って、誰もいない図書室の方を見た。

科学館最後の日はいつも通りに終わっていった。

館内に閉館のアナウンスが流れる前には人の数も減り、最後のプラネタリウム投映にいたお客さんが名残惜しげにドームを見ながら公園から去っていくと、科学館にはすっかり人気がなくなっていた。

「みんな、あっさり帰っちゃいましたね」

「今日も今日とて平常運転だ」

「……みんな、寂しくないのかな」

河村が呟いた。

俺はこの休憩スペースへと差し込む夕日に目を細めた。

図書室の壁掛け時計、木の椅子、本の匂い、休憩スペースの自販機、プラネタリウムの古めかしい扉。浮かんでは消える記憶の中に、自分と思《おぼ》しき黒い影が見える。

きっと、走馬灯には映らない、他愛もない幸せがここにはあった。

やっぱりここは、俺にとって大切な場所だったのだ。

「……みんな、忘れちゃうんですかね」

無性に寂しくなって、そんなことを口走っていた。

「忘れねえよ」春樹さんが言った。「この科学館がなくなるってことの意味を、誰も分かってないんだよ。だって、ここは俺たちの日常だった。あって当たり前の場所がなくなるって、それはもう想像もつかないことだ」

「私は春樹の言うこと、真に受けないから大丈夫だよ」

「お前なあ」

冗談冗談と薫さんは笑い、少しだけ俯いた。

「春樹の言う通りだよ。私は、これからこの科学館が解体されるのを見て、何を思うのかなって不安になるし、耐えられるのかな、とか考えちゃう」

私、この科学館が大好きだったからさ、そう小声で呟いて、薫さんは笑った。その笑顔は、精一杯の虚勢に見えた。

唐突に春樹さんが立ち上がった。

「今日はさ、この町のみんなが星を見上げるんだ。あの夕日が沈んだ後、雲一つない空の下で星を見上げる。プラネタリウムを見た人はその光を思い出して、今日科学館に来てない人も、過去の記憶を思い出してさ。みんな、思うんだよ。星ってこんなに綺麗だったんだなって。それに気付かせてくれる建物が、この町にあったんだなって」

春樹さんは、顔色一つ変えずに淡々と話した。

「……そんな風に、館長なら言うんだろうな」

　顔を背けて、照れ隠しのように付け加えた。

　今度は薫さんも何も言わず、微笑んだだけだった。

　次第に薄暗くなる休憩スペースに、白い光が差し込んだ。外に停車したバイクのヘッドライトが、こちらを照らしている。

　バイクに跨っていた二つの人影がこちらにやって来る。そして俺たちの前で、二人は親指を立ててみせた。

6

「プラネタリウムなんて見るのいつぶりだ、祐人」

「多分、数年ぶりとかそんぐらいだ」

　古めかしい大きな扉を前にして、そんなことを春樹と話していた。

　扉を開くと、中はひんやりとしている。丸い天井がぼんやりと光っていて、対面の扉にある非常灯の緑の明かりがやけに映えている。

　薄闇のその中央には頭でっかちな機械、つまりは投映機が鎮座していた。

「懐かしいなあ」と僕が思わず呟くと、

「俺たち、科学館に来てもいつも休憩スペースにいたから、なかなか見る機会がなかったんだよな」と春樹が笑う。

僕らは、横に並んで席に座っていく。

自分たちの他にも、乃々さんの招待客が十数人やって来ていた。直哉君の家族も来ているらしいが、直哉君は「向こうに行くと囃《はや》されるから嫌だ」と言って、こちらに座っている。どうやら家族の間でも彼女の存在が噂されているらしい。

その招待客の中に、細山先生はいた。僕の左後ろ、誰からも距離を置いて、一人で席に座っている。まだ何も投映されていない天球を、細山先生はぼんやりと眺めている。

「私が解説やるから、乃々さんは最後ぐらい観客として楽しんで、って言ったのになあ」

薫は口を尖らせる。

「でも私、乃々さんの気持ち分かるな」

「そうだな。薫にはまだまだ解説は任せられないってな」

「ちょっと、私だって解説いつもやってるんだから」

それこそ数年前と変わらず、春樹と薫の小競り合いが始まった。

僕は隣の席に座る理奈と一緒に笑う。

「本当に、相変わらずだよね」

「まったくだ」

しばらくして、非常口の明かりが消された。青白い天球が、夕暮れを模した光に照らされる。

ガー。

開演のブザーが鳴った。

夕焼け空が映し出されていた橙色の天球が、徐々に暗くなっていく。

僕は少しだけ目を閉じ、そして開く。そこには一面の闇が広がっている。あっという間に、自分は宇宙へと投げ出されている。

あの頃と同じ高揚感を感じる。無限の世界が目の前にあった。たとえそれが作り物の光でも、僕の中では本物以上に燦然と輝いている。

「みなさん」

物静かで、でもしっかりと通った声だ。乃々さんが話し出した。

「今日は、このプラネタリウム最後の投映にお越しくださいまして、誠にありがとうございます。これが最後だからと言っても、投映はいつもと変わりませんし、ましてや星空も変わることはありません。そんな、八月三十一日、今日の十時の夜空です」

最後のプラネタリウム投映は、こうして始まった。

ＢＧＭは何もない。ただ、乃々さんの声だけの投映だ。天球には赤い矢印が映り、その矢印が解説の声に合わせて星々を結んでいく。無数の星座たちが浮かぶこの空は、まるでたくさんの物語が詰まった宝箱のようだ。

乃々さんの声に引き込まれ、深い眠りに落ちるように自分だけの世界に入る。聞こえているのに聞こえていない、見えているのに見えていない、まるでそんな気分だった。

答え合わせの時間だ。

それが自分の言葉なのか、館長の言葉なのかは分からない。ただ、その言葉だけが頭の中に流れ込んだ。

頭の半分で乃々さんの解説を聞きながら、その『答え』について考えた。そして気付いた。この一か月、自分が探していたのは『答え』だったのだ。

どうして自分はここにいるのか。どうして悩んでいるのか。どうして理奈と別れたのか。……どうして、諦めてしまったのか。

きっと、単純だったのだ。『答え』は、今もこうして目の前にある。初めから、そして昔から示されていた。

掴み取るのも掴み損ねるのも自分次第だ。ほら、周りには大切なものが溢れている。

僕は辺りを見渡す。

左後ろを振り向くと、細山先生がいる。暗くてよく分からないが、僕には笑っているように見えた。

隣ではみんなが天球を眺めている。その目が、映る星々を反射して輝いている。

7

天球が動いていくと、星ではなくこの座席が大きく回っているのではないかと錯覚する。でも、実際に星が動いていくのは地球が回転しているためであって、この錯覚はあながち間違ってもいない。

そうやって館長に聞かされて、まだまだ知らないことがたくさんあるんだ、と私はかつて思ったのだった。

東の方角が明るくなってきた。朝がこのプラネタリウムに訪れる。投映が、終わろうとしている。

「さて、東の空が曙《あけぼの》色《いろ》になってきました。朝が、やって来ます。私たちが目覚めたときには、すでに星は眠りについているのです。……いえ、星だけではありませんね、この科学館も、どうやらおねむの時間のようです」

乃々さんの声は、耳の奥深くに響く。その口調は変わらず穏やかだった。

「昼間でも、雲に隠れていても、見えなくても、星はそこにあります。この科学館がなくなった後も、このプラネタリウムの光は私たちを心の中から照らし続けます。そのことを、どうか忘れないで」

忘れないで。

太陽が姿を見せる。消えていた非常口の明かりが点る。

映画の終わりと同じだ。一つの物語が終わり、そしてみんなが日常へと戻っていく。

ドームの中が完全に明るくなるまで、誰も席から動かなかった。


重い扉を開け、外に出る。辺りは静まり返っている。私は公園のグラウンドの真ん中で立ち止まった。

星が瞬いていた。

それは何の変哲もない夏の夜空だ。

今さっきプラネタリウムで見たばかりの星が浮かんでいる。私は、乃々さんが言っていた通りに星を結んでいく。

アルタイル、ベガ、デネブから成る夏の大三角が最初に目についた。さそり座は南の低いところで天に睨みを利かせていて、その反対の方角には、カシオペヤ座が浮かぶ。

「理奈」

背後から名前を呼ばれた。振り向くと同時に何かが飛んでくる。

「うわっ」

何とか受け止めると、手の中にあったのは、缶のミルクティーだった。

「ナイスキャッチ」

祐人が向こうで笑っていた。祐人の手には缶コーヒーが収まっている。

星見てたの？　と目だけで問いかけてくるので、「プラネタリウムみたいに無数の星が浮かぶわけじゃないけど」とひねくれながら答える。

「天の川の光も確かに心もとない」

「でも、眩しすぎないぐらいがちょうどいいかな」

「いいかなって？」

「いや、皮肉みたいかもしれないけどさ、見えるか見えないかもどかしいぐらいの、こんな星空が今の自分には合ってるんだろうなって」

今欲しいのはとびきり綺麗なものじゃない。きっと、鮮やかすぎたら私は困ってしまう。町の星空は、「気負いすぎんなよ」と私を笑ってくれるようで、眺めていて心地よかった。

「答えは、この星の中にあったんだ」

祐人がぽつりと言った。

「ずっと、星が大好きだったのに、いつの間にかそのことを忘れてた。でも、それは実はそんなに好きじゃなかったとかそういうことじゃなくて、誰にでもあることなんだよ。夢を見続けるのは簡単じゃない。夢から覚めないまま、でも夢を見てることすら忘れている人がたくさんいるんだ」

ああ、そうだ。

祐人が手に持った缶コーヒーを啜《すす》った。

私は、その缶コーヒーを祐人から奪い取る。

「おい、なにすんだよ」

「祐人はこれでも飲んでいればいいの。甘ーいやつ」

そう言って、ミルクティーを押し付ける。

「私はこれを飲んで、夢から覚める」

そして、コーヒーを一気に飲み干した。……苦い。

「だ、大丈夫？」

そう聞かれて、私はうーうー言いながら、「これで、夢から覚めたから」と答える。

「覚めたって？」

「私はさんざん夢を見た。だからさ、そろそろ願うのは終わりにして、本当に摑み取るの」

私は空に手を伸ばす。星には決して届かない。けれどもいつか、私はあの星を摑み取ってみせる。

ただ手を伸ばすのは、もうやめにしよう。飛んで、駆けて、追いかけて、何としても摑んでやろう。

「やっぱり私、宇宙が大好きなの。だから、もっと勉強する。大学に残って、研究者になるよ。もう迷わないし、誰かに遠慮もしない。私がしたいことをするの」

きっと私は臆病だったのだ。今になって立ち止まっていた。でも、祐人は言った。

『ここまで来れば、きっと大丈夫だ』と。

まだ何になれるかは分からないけど、何にでもなってみせる。

手の先で、星が瞬いていた。

祐人も腕を伸ばし、私の手に拳をぶつけた。

「僕も、もう忘れない」

「うん」

私たちは、真っすぐに空を見上げて、そして笑った。

「よし、じゃあ僕も仕事頑張るとするか」

「うかうかしてると、あのよく出来た新人君に抜かれちゃうよ」

「それ、笑い話にならないんだよな……」

夜は更けていく。

星が、綺麗だった。

8

「向こう、行かなくていいんですか？」

「いいのいいの。そのうちこっちに気付くって」

俺と河村、そして薫さんと春樹さんは太陽系丸太の中心、一番大きな太陽を分け合って腰掛けている。

「それにしても、仲睦《なかむつ》まじくなって良かった」

春樹さんが呟く。

俺たちから少し離れたグラウンドの真ん中に、祐人さんと理奈さんが立っていた。二人は何やら言葉を交わしながら、空を見上げている。

カシャ。

乾いた音が響く。

「……撮ったの？」

「うん」

河村が頷いた。

「でもこの暗闇じゃ、二人の姿も、何も写ってないんじゃない？」

思ったことをそのまま言うと、

「きっと何も写っていないけれど、撮りたくなったら、撮るしかないんだよ」

河村はそう言って微笑んだ。

この星空の光は、写真に焼き付けるには弱すぎる。でも、心を動かすには十分だ。

「私ね」

河村はなぜか恥ずかしがりながら、こちらを向いた。

「学校、やめることに、した」

河村は笑っている。俺は言葉が出てこない。

「が、学校やめるって、どういう……」

春樹さんが困惑して尋ねる。

「写真の専門学校に、通うことにしたんです。その、本気でカメラをやりたいと思ったんです。ちゃんと勉強して、いいものを、撮りたいって。その、夢、だったから」

いつもなら、こうやって長く喋るとだんだん俯いてしまうはずだった。でも今は違った。河村は前を見ている。凛とした横顔が、田上を殴った後、俺の手を引いて行ったときの姿を思い出させた。

「『どう足掻いても報われない』だっけ？」

その様子を見ていた薫さんが、意味ありげに言って春樹さんを見る。

「……その、別に報われるときもあるんじゃねえか」

「そんな簡単に撤回しないでよ」

「でも、学校をやめる決意までしたんだ。足掻くなら、ちゃんと足掻けよ」

春樹さんは視線を逸らしながら、ぶっきらぼうに言った。

「……はい」

河村が笑った。

「直哉君も学校やめてみたら？」

意味もなく、と薫さんがからかうように笑う。

「やめません。けど」

そう答えた俺の口元を、河村が窺っていた。

俺は、君のことを追いかけたい。

「ちゃんと、色々頑張ってみようと思います」

それで、自分も夢を見つけます。

それは心の中だけでぼそりと呟く。

昔から苦手な質問があった。

『将来の夢は？』

ありふれた質問だ。でも、こう尋ねられるたびに自分の何かが擦り切れるような気がしていた。答えあぐねていると、未来に無自覚な自分が嫌でも浮き彫りにされる。まるで誰かに嘲笑されているようだとも思っていた。

でも、夢はそんな足枷《あしかせ》みたいなものじゃない。そう気付いたのだ。持ちたいから持つ、持つべくして持つ、そんな運命のようなもの。ささやかでもいい、叶わなくてもいい、ただ、人を突き動かすもの。

だから、自分はそれが欲しい。

夢中になれる何かが欲しい。

「夢中、かあ」

「夢中、ねえ」

……口に出ていたみたいだ。自分で考えたことだが、どうにも恥ずかしい。

「大丈夫」

河村がにっこりと笑っていた。

「直哉君は私を変えてくれたの。きっと、出来ないことなんて何にもない」

「いや、出来ないことの方が遥かに多いよ」

「でも私よりすごい。焦らなくても、直哉君なら大丈夫」

河村は真っすぐ俺を見ていた。その目に、誰かを睨むときのような鋭さはなかったけれども、自分はそれに射貫《いぬ》かれたような気がした。力強くて、温かくて、少しだけ胸が締め付けられた。

「じゃあ、もうちょっと有意義に毎日を過ごして、少しずつ探します」

動揺して、少ししどろもどろに答える。

「何だかお堅いなあ」

つまんない、と薫さんが口を尖らせる。

「有意義な毎日じゃなくて、楽しい毎日を送ればいいんだ。少しの自覚と興味を持って周りを見渡せば、世界はだいぶ変わって見える」

春樹さんが諭すように言った。その口調がどうにもじいちゃんに似ていて仕方がないが、それを言うと不機嫌になりそうなので言わないでおく。

「そうだね、直哉君はもうちょっと自覚的になればいいのに、ね？」

薫さんが河村を見ながら言うと、河村は「は、はい」と目線を前髪で隠し、何故か固まっている。

俺は首を傾げるが、薫さんはただ笑っているばかりだ。春樹さんがこちらを冷めた目で見てくるのは気のせいだろうか。

「あ、みんな」

理奈さんが俺たちを見て手を振っていた。どうやらこちらへ来いということらしい。

「やっと気付いたか」

春樹さんが溜息交じりに呟いた。俺たちは立ち上がり、グラウンドの真ん中へと向かう。

解説

柴田一成

本書は、第二十九回小説すばる新人賞を受賞した作品である。

何といっても驚きなのは、著者の青羽悠さんが高校一年生、十六歳のときに書いた小説、それも彼にとって初めての小説であることだ。

はじめに読者の方にお断りしておくが、私の専門は、太陽宇宙プラズマ物理学、広く言えば、宇宙物理学、あるいは、天文学という分野である。小説や文学とは全く縁がない。したがって、本作品の文学的意義や技術的な面については、全く論評できない。それについては、専門家におまかせしたい。では、なぜ小説や文学に関する素人が本書の解説を書くことになったかというと、本書の内容が、宇宙、星、プラネタリウム、人工衛星による宇宙研究、というような題材を中心にしている、ということもあるが、青羽悠さんと面識があることが一番の理由である。

青羽悠さんは高校卒業後、二〇一八年四月に京都大学総合人間学部に入学し、現在、一回生である。私は京都大学大学院理学研究科附属天文台で教授をしており、講義やゼミで彼と出会った。

実は本書を読み始める前に、ネットでの書評を読んだところ、なかなか、きびしい評価があったので、覚悟して読み始めた。ところが、正直な感想を述べさせていただくと、予想に反して大変おもしろかったのである。謎ときのストーリーにぐいぐい引き込まれたし、高校生や大学卒業後数年の若者たちの微妙な人間関係、恋愛模様の描写には、私の高校時代のころの恋に悩んだ日々を思い出し、すっかり感情移入した。これが高校生のときに書いた作品とはとても信じられなかった。宇宙や星、科学館、人工衛星などに関する記述も正確に書かれてあり、驚いた。

本書では閉鎖を迎える科学館が中心舞台となっている。私が台長を務めている京都大学の花山《かざん》天文台も、今年創立九十年を迎える歴史的な天文台であるものの（あるいは、それがゆえに）、最先端の研究を推進する研究所としての役割はずっと昔に終え、この数年は閉鎖の危機に瀕《ひん》している。そういう面でも、読み始めた途端に思わず、両者の類似性に苦笑してしまった。もちろん、当時十六歳の青羽悠さんが京大入学以前にそのことを知るはずもなく、これは偶然の一致である。いや偶然の一致だからこそ、何という奇遇かと思うのである。

私は花山天文台を最新プラネタリウムを中心とした宇宙科学館として生き返らせようと考えている。そういう意味で、本書に出てくる科学館（プラネタリウム）に関係する様々な話は、他人事ではなく、大変興味深かった。唯一の違いは、花山天文台の方は、台長の私がまだ生きていて、その存続のために東奔西走中なことくらいだろうか。

本書では、カシオペア座のWの形をつくる五つの星の真ん中の星、ガンマ星、通称Naviが出てくる。なぜNaviという通称が使われるようになったのか。それは一九六〇年代のアポロ計画にさかのぼる。カシオペア座のガンマ星は、アメリカのアポロ計画の前身のジェミニ計画で計器の測定の基準に使われた。そのジェミニ計画の船長がガス・グリソム（Virgil Ivan Gus Grissom, 一九二六年四月三日－一九六七年一月二十七日）。世界で初めて二度の宇宙飛行を経験した人で、アポロ計画のアームストロング船長の役割を務める可能性があるほどの人物であったが、アポロ1号の訓練中の事故で亡くなってしまった。それで人々はガス・グリソムを讃《たた》えるために、カシオペア座のガンマ星を、彼のミドルネームIvanをひっくり返してNaviと呼ぶようになった、という。

私はこのエピソードを本書を読んで初めて知った。青羽悠さんの宇宙知識の博覧ぶりがわかる。

本書に出てくる太陽観測のための人工衛星「よあけ」の打ち上げ失敗、というストーリーはフィクションである。しかし、人工衛星の打ち上げ失敗は珍しいことではない。最近の統計によれば標準的な世界の人工衛星打ち上げ成功確率は九十五％という。これは言い換えると、百回打ち上げて五回失敗するのが普通、という意味である。このようなロケットに乗って宇宙飛行士たちは宇宙空間に出て行っているのだから、現在の有人宇宙飛行はまさに命がけの冒険だ。日本でも天文観測衛星の打ち上げ失敗は少なくないし、うまく打ち上げられても、装置が突然故障したりすることもある。昨今のように予算がどんどん減らされているのに、スケジュールを守らないといけないとなると、これまでより少ない人間で開発せざるを得ない。そうすると当然ながら、それがまた失敗の要因となる。

大型の人工衛星を一機打ち上げるのに、数百億円も費やしているのに失敗するとは何事か、という批判をよく聞く。しかし、宇宙開発はそれだけ難しいのである。失敗なくしては決して成功もありえない。私は人工衛星やロケットの技術開発そのものには携わったことはないが、周辺にそういう仕事に従事している友人がたくさんいる。四十年ほど前から、彼らがいかに大きなプレッシャーの下で仕事をしているか何度も聞かされてきた。成功すればすごく褒めてもらえるが、失敗すれば大きな批判を受ける。太陽観測衛星に携わっている友人たちは、いかに彼らは忙しいか、いかに責任が大きいか、そればっかり主張するので、私はうんざりして、大きな責任があって忙しいのはあなた達だけではないですよ、と逆に彼らの視野の狭さに憤ることがたびたびあったが、彼らの置かれている状況は、まさに本書で取り上げられた元宇宙科学者（館長と定年教師）の状況と同じなのだ。こういう宇宙開発最前線の状況を当時十六歳の著者がここまで取り上げて描写したというのが、また大きな驚きだ。もちろんどこかで聞いたか読んだかの経験があったのであろう。しかし、それを自分なりに消化し、小説の題材にしてしまった著者の感性を称賛したい。

本書の役割は、そのような宇宙開発最前線の研究者たちの苦闘や苦悶《くもん》を、多くの一般の方々に伝えるという側面もあると言える。宇宙開発先進国の欧米にはそれこそ山のような失敗の歴史がある。宇宙開発だけではない。最先端の科学・技術というのは、大量の過去の失敗の屍《しかばね》の上に成り立っている。日本は百五十年ほど前、欧米からできあがった最先端の近代科学技術を輸入するということで近代国家をスタートさせた。輸入には失敗はほとんどない、あるいは少ない。今や世界の最先端に追いついた日本は、人類社会の一員の責任として、新しいことにチャレンジしなければならない。それには、多くの失敗をともなうことを覚悟しなければならない。失敗なくして成功はありえない。新しいチャレンジにともなう多くの失敗を社会が許す、という精神風土を築きあげることが必要だ。本書で描かれた二人の元宇宙科学者のような人を生み出さないような、寛容な社会をいかに作っていくか、それが問われていると私は本書を読んで痛感した。

青羽悠さんは、宇宙にすごく憧れていたそうだ。高校時代、理系にするか文系にするか、さんざん迷ったあげく、両方が勉強できる京大総合人間学部に進学したのだという。それで京大に入学したら、「有人宇宙学」という理系か文系かわからないようなゼミが開講されていて、自分にぴったりだと思ったのだそうだ。「有人宇宙学」というのは、人類が宇宙に進出するにあたって解決しなければならない諸問題、理工系から医学、人文社会学、農学、法学、倫理学に至るまでの様々な問題を追究する新しい学問だ。京大では十年前から、このような人類が宇宙に進出するにあたって解決しなければならない諸問題を分野横断的に総合的に研究する新しい学問を、「宇宙総合学」と名付け、学部や研究科の壁にとらわれない新しい組織、宇宙総合学研究ユニットを立ち上げ、研究や教育を続けてきた。三年前から宇宙飛行士の土井隆雄さんが特定教授として加わり、本物の宇宙飛行士が教授する講義やゼミ、「有人宇宙学」および「有人宇宙学実習」が開講した。

青羽悠さんはその「有人宇宙学実習」ゼミに参加し、ゼミ合宿（閉鎖環境実験）として花山天文台に合宿中に、私の講義「太陽の脅威とスーパーフレア：太陽活動と地球への影響」を受講したのである。受講生のみなさんはいずれも熱心だったが、ひときわ熱心だったのが青羽悠さんだった。そのときは、まさか小説を書いて新人賞まで受賞しているとは夢にも思わなかった。しかし、今になってみると、青羽さんのように文理両方の感性を持っている優れた若者が京大に来て、「有人宇宙学実習」ゼミに参加してくれている、というのは何とすばらしいことかと思う。人類の未来のためには、このような若者が続々と現れることが望ましい。

青羽悠さんには、文理融合の「有人宇宙学」や「宇宙総合学」を学んだ先駆者として、今後末長く、宇宙に関係した小説を書いて、若者たちに宇宙の魅力を伝えてほしい。そして、辛抱強く宇宙開発の失敗も許しつつ応援する寛容な社会になることを願う。

本書では若者たちの夢（特に宇宙への夢）に向かう多様なありよう、つまり、夢に向かっている者、夢をあきらめた者、夢に破れた者、それぞれの心理や生き様がいきいきと描かれている。それも比較的、肯定的に。大学における教育者として、そのような肯定的な捉え方に賛同したい。夢に向かって邁進《まいしん》するのもよし、夢をあきらめるのもよし、夢に破れて転身するもよし。ただし、少しだけ付け加えると、夢への関わり方は、一度きりではないことだ。つまり、夢は一度あきらめたら、一度敗れたら、二度とチャレンジできないかというとそうではない。何度でもやり直しがきく。いや、やり直しがきく、寛容な社会を構築しなければならない。

（しばた・かずなり　京都大学大学院理学研究科附属天文台　教授）

第二十九回小説すばる新人賞受賞作

本書は、二〇一七年二月、集英社より刊行されました。

集英社文庫

星《ほし》に願《ねが》いを、そして手《て》を。

2019年2月25日　第1刷　　定価はカバーに表示してあります。

著　者　青羽《あおば》　悠《ゆう》

発行者　徳永　真

発行所　株式会社　集英社
東京都千代田区一ツ橋2-5-10　〒101-8050
電話　【編集部】03-3230-6095
【読者係】03-3230-6080
【販売部】03-3230-6393（書店専用）

印　刷　凸版印刷株式会社

製　本　加藤製本株式会社

フォーマットデザイン　アリヤマデザインストア　　マークデザイン　居山浩二

ISBN978-4-08-745841-1 C0193